Mate-me quando quiser

Anita Deak

Mate-me quando quiser

GUTENBERG

Copyright © 2014 Anita Deak
Copyright © 2014 Editora Gutenberg

Todos os direitos reservados pela Editora Gutenberg. Nenhuma parte desta publicação poderá ser reproduzida, seja por meios mecânicos, eletrônicos ou em cópia reprográfica, sem a autorização prévia da Editora.

GERENTE EDITORIAL
Alessandra J. Gelman Ruiz

EDITOR ASSISTENTE
Denis Araki

ASSISTENTES EDITORIAIS
Carol Christo
Felipe Castilho

PREPARAÇÃO DE TEXTO
Otacílio Nunes

REVISÃO
Tiago Garcias
Eduardo Soares

CAPA
Diogo Droschi

DIAGRAMAÇÃO
Christiane Morais de Oliveira

Dados Internacionais de Catalogação na Publicação (CIP)
Câmara Brasileira do Livro, SP, Brasil

Deak, Anita
  Mate-me quando quiser / Anita Deak. -- 1. ed. -- Belo Horizonte : Editora Gutenberg, 2014.

  ISBN 978-85-8235-181-9

  1. Romance brasileiro I. Título.

14-09099   CDD-869.93

Índices para catálogo sistemático:
1. Romances : Literatura brasileira 869.93

A **GUTENBERG** É UMA EDITORA DO **GRUPO AUTÊNTICA**

São Paulo
Av. Paulista, 2.073, Conjunto Nacional,
Horsa I, 23º andar, Conj. 2301
Cerqueira César . 01311-940
São Paulo . SP
Tel.: (55 11) 3034-4468

Belo Horizonte
Rua Aimorés, 981, 8º andar
Funcionários . 30140-071
Belo Horizonte . MG
Tel.: (55 31) 3214-5700

Televendas: 0800 283 13 22
www.editoragutenberg.com.br

Para os mortos que a terra acalenta
Manuel Gomes
Maria do Perpétuo Socorro Martins Baptista
Luciano Martins Baptista
Ricardo Martins Baptista

Para os vivos que ainda há de comer
Maria da Piedade Gomes
Sylvio José Martins Baptista
Francisco Bela Martins Deak
Janaína Maura Martins Baptista
Maria Aparecida Ferraz

Ainda assim, a presença da morte sempre renova nossa experiência – é sua função ajudar-nos a refletir sobre a estranheza disso que chamamos tempo.

Lawrence Durrell
Justine, O Quarteto de Alexandria

Parte um

"Caro Soares, fico satisfeita de que já tenha recebido todo o dinheiro. Em anexo, estão a sua passagem para Barcelona e a minha fotografia. Abaixo, o endereço do hotel onde ficarei hospedada. Mate-me quando quiser, ou melhor, no dia que lhe convier dentro dos próximos quatro meses. A única coisa que peço é discrição. Você sabe quem eu sou, mas não quero saber quem você é."

A mulher que tinha encomendado a própria morte estava no La Flor del Camino, restaurante no Paseo de Colón, em Barcelona. Seus dedos finos e longos percorriam uma taça de vinho branco, e comia presunto pata negra com pequenos recortes de pão, enquanto observava o movimento. Pessoas entravam e saíam, um fluxo de mulheres e homens, alegres e tristes, crianças birrentas, chefes de família que checavam os preços no cardápio. À direita da entrada, um casal aproveitava o intervalo do almoço para namorar.

Enquanto os clientes moviam-se como se feitos de fumaça, a única presença constante, vértice que movia a engrenagem do La Flor del Camino, era Mário, o garçom. Aos 62 anos, ele se desdobrava para atender toda a clientela. Ágil, tirava os pedidos, buscava-os, colocava as bandejas sobre as mesas e voltava ou para a cozinha ou para perto do balcão. Apesar das olheiras profundas, servia de forma descansada, serena. Oferecia o mesmo olhar prestativo e formal a todos os fregueses. Ou melhor, a quase todos.

A exceção era o cliente da mesa dos fundos. Mário acercara-se dele, pousando, informalmente, as mãos calejadas no encosto de sua cadeira. O moreno, de barba cerrada e olhos pretos, não estranhou a proximidade. Disse qualquer coisa sem mirar o garçom, enquanto o funcionário lhe prestava uma atenção devotada.

O freguês tinha os lábios cheios, o olhar perdido. Apoiava as mãos descomunais na toalha branca da mesa, alisando-a de tempos em tempos. Estava lá para almoçar sozinho, assim como a mulher que o observava. Enquanto os outros frequentadores comiam acompanhados ou refugiavam-se em celulares, ambos sustentavam-se ímpares. A solidão da espera não lhes causava nenhum desconforto.

Quando Mário voltou da cozinha, trouxe duas bandejas com travessas de arroz, salada, batatas e minipolvos apimentados. Organizou a comida à frente do Homem, abriu a garrafa de água mineral, e foi até a mulher servi-la do mesmo prato.

Ela comia sem pressa, derramando fios de azeite a cada garfada. Sentia primeiro o sal nas batatas bravas, depois a pimenta nos minipolvos, o tempero suave do arroz e, por último, o refrescante molho de limão que se derramava sobre a salada. Cada gosto de uma vez, tudo a seu tempo.

O Homem, por sua vez, comia a ponto de engasgar. Misturava tudo, fazendo uma festa de cores; juntava salada, batata, polvo e arroz como se separados lhes faltasse a liga indispensável à boa comida espanhola. Era curioso: primeiro, a calma em esperar pela comida. Depois, a ansiedade em terminá-la. Fosse apenas fome, ele teria diminuído o ritmo assim que as primeiras garfadas lhe tivessem forrado o estômago. Mas não. A pressa crescia em proporção ao esvaziamento do prato.

É difícil explicar por que, entre uma garfada e outra do Homem, a Mulher resolveu segui-lo. Se ele tivesse pedido um prato diferente do dela, talvez isso não acontecesse. Se houvesse comido com mais calma, também não. Tivesse Mário o tratado como qualquer um, tudo poderia ser diferente. Fosse feio, outro desfecho. Mas é do somatório de pequenos fatos, aparentemente sem sentido, que se faz a história.

Ela não tinha nada programado para fazer à tarde. Além disso, estudara, durante muitos anos, certas correntes esotéricas cujas bases afirmam categoricamente que a vida é composta de sinais. Que não se cisma com uma pessoa à toa. Que coincidências não existem. E, por mais que achasse que se livrara do misticismo, a verdade é que não. Certas crenças incrustadas demoram muito a sair do sangue.

Tomada pela ideia de seguir um desconhecido, acenava para Mário, preocupada em pedir a conta antes que o homem, apressado, pagasse e fosse embora. Buscava um gesto harmonioso, forte o suficiente para o garçom notar e sutil o bastante para o homem não reparar.

Mário viu a ansiedade dela no canto do olho, avançou entre as mesas e parou ao lado de algumas, sem ser solicitado, para perguntar aos clientes se desejavam algo mais. Quando estava a meio caminho entre a mesa da Mulher e a do Homem, notou que o último também levantara a mão. Virou a cabeça em direção a um, em direção à outra e definiu os rumos da narrativa.

Foi o girar do calcanhar de Mário em direção à Mulher que mudou a vida de ambos, Homem e Mulher. E se tal frase dá a entender o surgimento de um romance, ela diz mais sobre o leitor que interpreta além do que está escrito. Foi literalmente o girar do calcanhar de Mário em direção à Mulher que mudou a vida de ambos, Homem e Mulher. Nem sempre a vida se justifica com romances.

Há que se ter certo talento para seguir uma pessoa sem que ela note. A Mulher nunca fizera nada semelhante e, por isso, a cada passo, ouvia martelar o coração. A boca secava, as pernas entortavam e muitas foram as vezes em que tropeçou nas pedras do bairro gótico, quase levando-se ao chão. Não ajudava o Homem ter pernas bem mais compridas do que as dela.

    Ele andava a passos firmes. Levava uma marmita com alguma sobra do almoço. Olhado de trás, parecia um soldado em movimento. Ombros eretos, quadris encaixados, braço direito à frente, braço esquerdo atrás, braço esquerdo à frente, braço direito atrás. Ela o acompanhava a uma distância de dez metros, o justo para não perder o contato nem despertar suspeita. A margem de segurança, porém, não a impediu de sobressaltar-se quando ele entrou numa rua estreita e parou diante de um prédio.

    Prevendo todo o ridículo da situação se ele virasse para trás e perguntasse "Você não estava no restaurante?", ela sentou-se no meio-fio oposto ao que o Homem estava. Sacou a câmera digital da bolsa e se pôs a examiná-la, fingindo-se preocupada em perder preciosas fotos de viagem. O Homem, de costas para ela, ignorava o teatro.

Depois de tatear os bolsos uma, duas, três vezes, em busca da chave para entrar no prédio, sacou o celular do bolso, digitou um número e mirou a sacada de um dos apartamentos. Desfez-se da postura de soldado, distribuindo o peso entre as pernas abertas, e perdeu altura com as costas menos eretas. Do meio-fio, a Mulher não resistiu. Tirou uma fotografia daquele homem que só parecia confortável em situações de espera.

Uma morena de cabelos enrolados abriu a porta da entrada do edifício. Trouxe um menino de seis anos pela mão. O menino fez festa para o Homem. O Homem fez festa para o menino. A morena beijou o Homem na boca. E, curiosidade satisfeita, a Mulher, que a tudo assistia, levantou-se e tomou o caminho da rua. O Homem, no entanto, não subiu com a Morena e o menino. Apenas deixou-se conversar por algum tempo, entregou a marmita, despediu-se e seguiu na direção da Mulher.

Desta vez, era ela quem estava de costas para ele, atenta a uma vitrine que exibia luminárias japonesas. Ele passou rente, de perfil, e quis Deus, o destino, o mago das penas, o protetor de quem escreve, ou seja lá quem for que do outro lado manda dicas, que ela tivesse olhado exatamente a direita da vitrine no exato momento em que a silhueta do Homem ali se refletiu.

E do susto ao pensamento de que ele ter aparecido certamente queria dizer alguma coisa decorreram poucos segundos. Novamente, com o coração descompassado e as pernas curtas a acelerarem-se, ela voltou a segui-lo, sem entender racionalmente o porquê do próprio comportamento. Seria curiosidade, um parafuso a menos, ou apenas falta do que fazer? Talvez tudo isso junto. Não podemos esquecer que a personagem pagou para morrer. Logo, normal – ao menos aos olhos da maioria dos leitores – ela não deve ser.

    A perseguição não foi das mais fáceis. Entre o Homem e a Mulher, houve uma passeata no Palácio de la Generalidad, uma feira conduzida por paquistaneses barulhentos e sinais de trânsito que quase os separaram. Ela vencia a Babelbarcelona para continuar no encalço dele.

    E se alguém com o pensamento menos analítico pudesse ver na fresta desta cena um pouco da história da mulher que andava, saberia que, para certas pessoas, vale mais o propósito do que o resultado. Ela não sabia por que andava, quando pararia e o que esperava ver da vida do Homem. Existia apenas a necessidade – desde o La Flor del Camino – de andar, andar e andar, tendo como ponto de referência aquelas costas aprumadas.

    E então ele parou novamente em frente a um prédio, já em outro bairro. E ela sentou-se no meio-fio oposto com a câmera digital nas mãos. Repetiu o ritual de fotografá-lo de costas, fosse para passar o tempo, fosse para suportar o medo de que ele se virasse. Comparou a foto com a que havia tirado antes. Na última, porém, a postura contraída revelava outra faceta daquele homem. Subiu os olhos, mas ele já havia aberto a porta e sumido pela escada.

    O edifício era daqueles que costumam encantar os turistas em Barcelona, sobretudo os que não vivem no continente europeu. Estreito, cinza, com paredes manchadas e ornado por varandas e gradis em *art nouveau*, deixava à mostra flores e roupas a saudar, da sacada, os passantes.

    A Mulher reparava nesses detalhes que, anos antes, tinham lhe apresentado a cidade catalã, quando subiu o olhar para uma das varandas do terceiro andar. Lá, uma mulher loira, pequena, estendia uma saia longa num varal portátil. Ao seu lado, uma menina de seis anos observava o trabalho. De tão semelhantes, as duas pareciam separadas somente pelo tempo, que coloca em gerações diferentes pessoas que apenas continuam outras.

Subitamente, o Homem apareceu na sacada e pegou a criança no colo. Inclinou-se e beijou a Loira na boca. Conversaram, enquanto ela terminava de estender outras peças de roupa. No meio-fio, a Mulher era só interrogação.

Era a última missão de Soares. Em vinte anos de carreira, nunca quisera saber o que levava cada um de seus clientes a contratá-lo para acabar com a vida de alguém. Aquele caso, porém, era único: a mulher tinha encomendado a própria morte. E uma coisa era matar alguém a mando de outra pessoa; o dinheiro caía na conta e ele não perguntava nada. Outra coisa era prestar serviço a uma suicida.

Não que tivesse algo contra quem quisesse se matar. Mas já vinha há tantos anos seguindo o mesmo roteiro – o de matar quem, teoricamente, queria viver – que se sentia estranho em assassinar alguém que sabia e apreciava o fato de que ia morrer. Alguém que, ao contrário de todas as suas outras vítimas, sabia da existência e do trabalho dele. Era como se, para matá-la, Soares fosse obrigado a sair das sombras.

Enquanto a Mulher tomava banho, algumas horas antes de ir para o La Flor del Camino – na fatídica tarde em que seguira o Homem –, Soares se preparava no apartamento que alugara em Barcelona. A pistola HK preta, calibre nove milímetros, fazia contraste com o lençol imaculado da cama *king size*. Do banheiro, ao passo que fazia a barba, ele podia vê-la no reflexo do espelho amplo. Deixara a porta aberta só para dar uma espiada. Puta arma bonita.

    Ele encomendara a peça a um colega do bairro chinês especialmente para a missão. A HK pesava 700 gramas, tinha chassi de polímero, e o silenciador adaptável reduzia 85% do barulho causado pelo disparo. A munição perfuro-contundente, por sua vez, dificultava o trabalho de balística por parte das autoridades: a bala se espatifava dentro do corpo atingido. Uma arma tão interessante quanto a vítima.

    Soares barbeava-se com esmero. Ao contrário de outros matadores, que deixavam crescer a barba para disfarçar os ângulos do rosto, ele gostava de sentir-se nu. Antes de chegar à Espanha, havia raspado todos os pelos do corpo, num ritual que não só eliminava evidências de DNA como o preparava psicologicamente para a tarefa.

    No espelho do banheiro, o rito encaminhava-se para o encerramento. A mão esquerda passava a navalha rente ao pescoço, a lâmina zunia baixinho ao movimento. Duas horas depois, ao divisar a Mulher saindo do La Flor del Camino, Soares se lembraria do som e o repetiria mentalmente qual um mantra. Era o que fazia para se concentrar antes de matar alguém.

Com uma pasta de couro marrom na mão esquerda, a seis metros de distância da Mulher, Soares reparava nos movimentos dela. Qualquer coisa lhe escapava dos passos, como se pisasse sem tocar. Os quadris matraqueavam de forma desajeitada, disfarçando a graça do corpo benfeito. Havia hesitação, sem dúvida, como se ela não soubesse aonde ir.

Tudo começou a clarear quando ela estancou o passo assim que o Homem postou-se diante do prédio. Soares percebeu nela a indecisão entre ir e ficar. Analisou-a sentada no meio-fio, com a câmera fotográfica nas mãos e o pé direito batendo ritmadamente no chão. Viu quando ela tirou a fotografia. E a forma obsessiva com que olhava para o Homem. Reparou que, segundos depois de a Morena surgir, ela se levantou e pôs-se a caminhar.

Quem era ele? Por que ela o seguia? E por que foi embora assim que a morena apareceu? Soares já não conseguia se concentrar no barulho mental da navalha rente ao pescoço.

A história ganhou contornos quando o matador observou a cara de pasmo da Mulher ao ver o Homem na sacada com a Loira e a menina. Era isso, então... O amor... O motivo pelo qual ela havia seguido aquele homem obsessivamente por mais de meia hora. Será que já sabia que ele andava com outras? Era por isso que queria se matar? É... Mas que estupidez... E, espantado, a deixou se distanciar.

Então o Homem tinha duas mulheres. Dois filhos. Duas casas. Enquanto ela só tinha de si o que, em pouco, iria findar. Mas, antes que tudo acabasse, viveria a história dos outros como despedida à sua. E se Soares a matasse rápido, morreria com a narrativa incompleta. E se ele demorasse, também morreria com a narrativa incompleta. Há muito acreditava que o fragmentado é irreversível. Independe do tempo e do conhecimento. Zomba da vontade de enxergar qualquer coisa como verdade absoluta e acabada.

Soares acompanhava, da janela de um café, os dedos do Homem. Suspendia o binóculo como se o testasse, mirando as lentes em diferentes direções quando percebia o olhar curioso de alguém numa mesa próxima. No entanto, assim que o bisbilhoteiro ou a bisbilhoteira voltavam a se concentrar na própria vida, o matador estancava a posição e continuava a analisar o Homem. Então o Don Juan trabalhava numa joalheria...

Via-o trabalhando ouro num anel e cravando-o de pedras preciosas. Uma grossa cicatriz manchava-lhe a mão direita, lembrança do alicate afiado herdado do pai. Ele tinha mãos colossais, dotadas, entretanto, de tal habilidade que poucos lhe fariam frente nos trabalhos manuais. Surgiam peças delicadas de seus punhos brutos. Brotava feminino de seus calos másculos.

E, enquanto ele tecia as joias na escrivaninha de madeira escura, surgiam turistas atraídas pelo brilho das pedras na vitrine. Quando entravam, o Homem arqueava timidamente os cantos da boca e atendia com timidez.

Ao reparar na placa afixada no vidro da loja, com o dizer *Precisa-se de vendedor*, Soares resolveu se candidatar. Ao contrário de seus colegas de profissão – que se contentavam com documentos falsos quando viajavam a serviço –, ele gostava de construir uma identidade para cada missão e um emprego de fachada para ter um álibi em caso de necessidade.

Já trabalhara como pedreiro em Amsterdam, encanador em Zagreb e ajudante de padeiro em Lisboa. Nessa última ocasião, o serviço despistara a polícia no único assassinato pelo qual fora interrogado. Joaquim, o dono da padaria, afirmara categoricamente à polícia que o funcionário assava roscas no momento em que o crime fora cometido. Ele não podia imaginar que o assistente, tão dedicado, tivesse aproveitado os quinze minutos da hora do lanche para despachar um idoso rico para o inferno, logo ali, no prédio ao lado.

Os policiais foram convencidos pela defesa acalorada que o português fizera do empregado e mudaram a linha de investigação. Dois meses depois de empacotar a vítima em Lisboa, o matador voltava para casa, tranquilo. Ainda recebia, no e-mail falso, informações sobre cursos de panificação, destinados ao senhor Solano. Divertia-se. Até testava algumas receitas de vez em quando.

Ao atravessar a rua em direção à joalheria, Soares percebeu-se em passos vacilantes. Precisava deixar para trás qualquer característica pessoal que fugisse ao personagem, um simples vendedor imigrante em busca de uma oportunidade. O narrador sabe, entretanto, que Soares vacilava por razões menos óbvias. Queria saber quem era o Homem; vacilava por buscar entender por que a cliente encomendara a própria morte.

O certo é que, para assassinar, deviam bastar a habilidade com as armas e os canos silenciadores. E demorou para que a sutileza no trato com as ferramentas reconfortasse a alma de Soares. Durante os primeiros cinco anos de trabalho, cada morte lhe assaltava o espírito, tirando-lhe o sono e o chão. Costumava recordar daqueles que tinham sido silenciados pela frente, antevendo a morte com os olhos abertos. Se no início as frações de segundo não permitiam que ele visse o último olhar de quem matava, a experiência fez com que não só pudesse vê-lo, como senti-lo. É na iminência da morte que o ser humano, enfim, fica nu. O susto e o medo desvelam a retina de tudo o que foi aprendido. Sobram só um homem ou uma mulher reduzidos ao brilho ocular da infância. Soares detestava essa visão. Era como matar crianças.

Demorou até o matador ser contratado como funcionário da ourivesaria. O Homem era desconfiado e Soares precisou, além da lábia, voltar ao apartamento e escrever cartas de recomendação com assinaturas falsas. Num espanhol irrepreensível – aprendido anos antes –, falou dos empregos anteriores com propriedade e se expressou tão bem que nem parecia a mesma pessoa vacilante que atravessara a rua. Convencido, o Homem fiou-se nas cartas e deixou, pela primeira vez, de checar as informações de um funcionário. Só lhe explicou que era importante trabalhar muito e falar pouco, atendo-se a responder perguntas que as clientes lhe fizessem.

Como eram do mundo inteiro e muitas não falavam inglês nem espanhol, seria preciso improvisar com mímica. Mas que Soares não se preocupasse, pois a loja tinha sido arquitetada para que se dissesse o menos possível. Todos os preços – tanto em euros quanto em dólares – estavam nas peças, assim como a descrição, em várias línguas, dos materiais utilizados. Por último, o funcionário deveria atentar às pessoas de má índole, pois há sempre quem não resista a afanar um brinco ou um anel. E, se isso acontecesse, a peça seria descontada do salário, afinal, fazia parte das atribuições do recém-contratado zelar pelas mercadorias do lugar.

A Mulher seguia a morena de cabelos cacheados pelas pedras gastas da rua. Batiam sandálias a poucos metros de distância uma da outra, entre os espanhóis apressados em ir para o trabalho. A Morena andava devagar, uma sombra cercava seus olhos cor de carvalho. Tomava distância das pessoas, corava quando alguém a notava. Discreta, contrastava com as catalãs independentes e despachadas que enchiam as vielas. Ao esbarrar na gente espremida nos vãos da feira, sentia vertigens. Mas não tinha jeito. Era preciso vencer a multidão para conseguir comprar as frutas baratas que comporiam as receitas do caderno da avó.

Ela não trabalhava fora. Cuidava do menino, da louça, da comida e ficava em casa, minada pelos dias. Poderia ter sido outra coisa. A mãe, dona de casa, esforçou-se para que estudasse, mas, aos 18 anos, a moça apaixonou-se pelo Homem. Foi daqueles amores viscerais que ocupam as narinas, as mãos e todos os espaços. Não sobrou vontade senão a de cuidar com esmero de qualquer coisa que dissesse respeito a ele.

No início, ele chegava em casa embriagado pela presença dela. Qualquer sorriso era desculpa para misturarem os membros na bagunça da sala. Os dias, porém, envenenaram o que nascera promissor. Logo engravidou e sentiu o peso da responsabilidade. O Homem soterrou o romance nas obrigações diárias; era preciso pensar em dinheiro e numa forma de construir, para quem vinha, um pouco de ordem e decência. Já não se podia a indecência sonhadora do início. E, na sala, os membros da família não se misturavam.

Pensando nesses velhos tempos, ela apalpava abacates e laranjas sob os olhares mal-humorados dos feirantes. Tinha de escolher bem para evitar reclamações. Vinha evitando-as há dois anos quando suplantava as próprias opiniões pelo preço de uma briga a menos. O Homem era exigente. E, apesar dos abraços escasseados e das noites selvagens também, ela ainda o amava com o mesmo desespero com que apalpava os abacates.

Com tomates, laranjas e abacates amaciados pelas mãos, voltava para casa. A sacola de plástico fino sustinha, no fundo, o sumo grosso que escorria de algumas frutas. Sem que ela percebesse, o plástico cedia, dando vista para o amarelo de uma laranja espremida num rombo. Então o saco se rompeu. E os frutos se espalharam, cada um para um canto, enquanto a Morena os fitava sem reação. Uns foram pisados por quem passava, sob xingamentos em catalão. Outros repousaram no meio-fio, sobre a lama acumulada de uma chuva recente.

A Mulher não pensou duas vezes ao ver a Morena inerte, no meio da rua, a olhar para as frutas. Certas atitudes são impelidas pelo impulso e ela levava no DNA a presteza que os pais tinham lhe ensinado, mais por palavras do que por exemplos. Começou a colher abacates e tomates entre pernas e maldições e, vendo que tinha ajuda, a Morena pôs-se a fazer o mesmo. Cada uma segurava seis frutas quando foram de encontro à outra.

Disseram amenidades. A Morena agradeceu. Maldisseram os que xingaram, falaram da péssima qualidade das embalagens e quando a prosa já rumava ao silêncio, perceberam que não havia com que carregar os alimentos, pois a feira estava longe para que pedissem sacolas avulsas. A Morena não tinha braços para equilibrar as compras. O comércio em volta escasseara. A Mulher perguntou – como se não soubesse – se ela morava longe.

Convidada para um café em agradecimento à gentileza de levar as frutas até a casa da outra, a Mulher ajeitava-se como podia na cadeira dura da cozinha. Animada com a visita inesperada, a Morena a olhava de soslaio.

– É a primeira vez em Barcelona?
– Sim.
– Quanto tempo fica?
– Não sei ainda.
– Ah, fique no mínimo uma semana. A cidade vale.
– Você é catalã?
– Sim, eu e meu marido.
– É casada há quanto tempo?
– Há sete anos.
– Vocês têm filhos?
– Um menino. Está dormindo. Quer conhecê-lo?
– Fica para uma próxima, não é necessário acordá-lo.
– Ele é a cara do meu marido. Não é porque eu sou mãe, não, mas ele é uma criança maravilhosa.
– Não duvido.
– Deixa eu pegar uma fotografia pra você ver.
– Nossa. É lindo mesmo. Parabéns.
– E essa aqui é uma fotografia do meu marido quando era pequeno. Não são iguais?
– Verdade. Mal se distingue quem é quem.

- É, eu tenho sorte. Esses dois me dão muita alegria.

Enquanto a Morena mentia o contentamento que não tinha, a Mulher apagava o próprio passado em Barcelona. Era uma conversa feita de memórias construídas, inventadas e editadas, como de fato são todas as conversas e memórias.

Entre o café e as histórias, a Mulher não podia deixar de pensar que ou a Morena se enganava ou não era capaz de conviver com o que era a sua vida de fato e o que gostaria que ela fosse. A Morena não podia deixar de pensar que, se tivesse ouvido os conselhos da mãe, talvez estivesse viajando, como a outra, pelo mundo.

Soares ajeitava dois colares de prata na vitrine quando o Homem lhe mandou pegar duas caixas de materiais em casa com a sua esposa. O matador escondeu o sorriso malicioso, pois, sabendo que ele tinha duas, imaginou a qual delas se referia, à morena ou à loira. Com o endereço nas mãos, diluiu o sorriso e a dúvida.

A porta de ferro rangeu após falar com uma voz feminina pelo interfone. Subiu as escadas de dois em dois degraus e ficou feliz em constatar que os anos de exercícios em academias o mantinham em excelente forma. Tinha a respiração lenta e compassada quando o girar da chave lhe revelou a loira magra e malvestida.

Não era nem o tipo dele, mas havia qualquer coisa. Ela ficou olhando Soares por três segundos, desconfiada, até convidá-lo a entrar. Ele, que não tinha pisado em lama nem nada, esfregava os pés no capacho como se pudesse contaminar a casa com seus passos sujos.

Enquanto ele examinava as caixas, a Loira lhe preparava um café. Tinha os cotovelos manchados, a pele ressecada e ajeitava, a todo instante, as alças finas do vestido que teimavam em lhe escapar dos ombros. Soares podia vê-la pela abertura que separava a sala e a cozinha diminutas.

Talvez por não se perceber notada, olhava inquisitivamente as prateleiras dos armários, à procura de qualquer coisa que pudesse servir ao funcionário do marido. Insistia e parecia acreditar que qualquer coisa brotaria dali, por pura vontade. No fim do armário, contudo – veja a força da fé –, havia um saco com biscoitos amanteigados.

O matador já tinha em mãos o que precisava, mas sentia vontade de demorar-se ali o quanto pudesse. Quando a Loira colocou à sua frente uma pequena bandeja velha, repleta de biscoitos, mais uma xícara de café, e voltou para a cozinha, ele quis que ela tivesse derramado tudo. Assim, teria de esfregar o chão ajoelhada a seus pés e, com as duas mãos ocupadas, não poderia arrumar as alças tombadas do vestido.

Distraído com a cena, que passava e repassava na cabeça, Soares quase derrubou o café quando uma mãozinha roubou um dos biscoitos. Espichou os olhos para o pequeno braço, depois para o rosto magro da menina remelenta e sorriu-lhe, mas ela não lhe devolveu o gesto. O olhar em desafio não admitia concessões e só mudou a direção com o espanto; a mãe no meio da sala com as duas mãos na cintura.

– Já falei mil vezes para você não pegar a comida dos outros!

– Criança é assim mesmo. Eu não ligo.

Enquanto a Loira se desculpava pela filha, a menina, atrás de uma parede, apenas com a cabeça de fora, continuava a sustentar o olhar. Um olhar que dizia ao matador: Eu não gosto de você.

A Mulher se arrependia antes mesmo de chegar à casa da Morena. Uma coisa era tê-la ajudado com as frutas, no ato reflexo de socorrê-la parada na rua, com os olhos baixos. Outra era voltar lá para um café, como se estivesse em Barcelona para fazer amizades. Mas, que saco, havia cedido ao convite. E, justamente por sentir que a moça precisava falar, não teria coragem de faltar ao compromisso. Houve um tempo em que ela mesma falava sem parar para que não houvesse silêncio e reflexão.

Difícil era disfarçar a feição apática. Antes de sair, tinha encarado o espelho e reparado que o próprio olhar só existia anatomicamente – feixes nervosos, retina e íris encaixados, enquanto ela mesma sentia-se à parte. O olhar, que vai além do funcionamento dos componentes, aquele que não só vê como sente, devia estar perdido atrás dos globos oculares.

Mas, enquanto Soares não a matasse, a alternativa era viver. E, andando por um labirinto de paralelepípedos, olhava para cima para secar a lágrima que ameaçava engordar. Sobressaltava-se ao pensar que o matador poderia sumir, afinal, tinha sido burra ao pagá-lo na íntegra, sem arrumar esquema que o obrigasse a matá-la para receber outra parte. E sumir nem era a única alternativa.

E se ele mudasse de ideia em relação a matá-la? E se fosse contaminado pela aura cativante de Barcelona? A cidade tem a capacidade de fazer as pessoas sentirem-se jovens, românticas, ainda que velhas e cínicas. E fora escolhida deliberadamente para confirmar a vontade que ela tinha de morrer.

Na primeira vez em que esteve em Barcelona, muito antes de ser danificada pelo tempo, expirou de volta o sol queimado nas esquinas e teve a sensação de que poderia ser feliz ali eternamente, debaixo da sombra de um ponto de ônibus. Nenhum lugar tinha lhe provocado tal comunhão com a alegria. Se estava imune à cidade, então, também estava imune à vida.

Sentada no sofá da Morena, detinha o olhar nos badulaques que enfeitavam a mesa de centro da sala. Havia um conjunto de bailarinas em miniatura, com os braços levantados e, sobre as pontas dos pés, em círculo, olhavam-se. Eram lindas, eternamente jovens.

– Ganhei da minha avó quando tinha seis anos. Meu marido não gosta. Diz que o vidro é vagabundo.

A Mulher pensou que o marido da outra devia ser um daqueles boçais que, infelizmente, ainda dão em árvore. A Morena, reparando na contrariedade dela, mudou o assunto, falando de sua família mista, com avó espanhola e avô argentino.

– Meu avô tocava o acordeom e eu corria à sala. Ele dizia que eu precisava dançar até a música acabar, caso contrário, ficaria paralisada. Eu acreditava. Acontecesse o que fosse, só parava de me mover quando a última nota terminava.

– E nunca, nem por curiosidade, você parou de dançar enquanto ele tocava?

– Uma vez. Ele tocava acordeom quando morreu. Teve um ataque cardíaco e interrompeu a música antes de cair no chão. Eu tinha sete anos. Fiquei dançando sem música, na sala, enquanto meus pais o socorriam. Achei que, assim que parasse de dançar, ficaria paralisada, já que a música tinha ficado pela metade. Quando minha mãe gritou que eu parasse, descobri que meu avô tinha deixado de explicar o óbvio.
– O quê?
– Quando a música para, não faz o menor sentido continuar dançando.
– É verdade.
– Acho que eu continuei dançando por medo. Que criança de sete anos não teme a morte? Foi o meu primeiro contato com um defunto.
– Eu me lembro da primeira vez que vi uma pessoa morta. Foi no meu aniversário de nove anos. Eu e mamãe tínhamos programado um dia especial; eu fazia o que queria nos aniversários. Estava me arrumando e ouvi quando ela atendeu uma ligação e começou a chorar. Daí eu soube que meu dia tinha sido arruinado.
– Quem tinha falecido?
– A minha avó.
– Você gostava dela?
– Não.
– Por quê?
– Porque a minha avó queria ser o centro das atenções. E eu não tinha paciência pra fingir que ela era importante.
– Você foi ao velório?
– Sim. Tirei o vestido que papai me deu e coloquei um preto que mamãe jogou na cama. A família inteira estava lá, todo mundo disputando espaço em volta do caixão. A

minha avó teria gostado... Fiquei horas sentada e, de vez em quando, um parente chegava perto e dizia para eu não ficar triste, que vovó tinha ido para o céu. Que raiva.

– Deve ter sido traumático...

– E, pra completar, minha mãe ainda me mandou chegar perto do caixão e dar um beijo de despedida nela.

– E você deu?

– Não. Eu disse que a velha gorda tinha morrido no meu aniversário de propósito. Olha a ideia...

– Ficou de castigo, né?

– Pior. Minha mãe me olhou como se eu fosse a pessoa mais monstruosa da face da Terra. E nunca mais comemorou os meus aniversários.

O Homem era daquelas pessoas esculpidas pelas circunstâncias. Evitava tomar decisões o quanto pudesse, deixando à deriva ou sob a responsabilidade de outros os rumos do seu cotidiano. Fora assim com o seu ofício. Tornara-se ourives porque ourives fora o pai e, sem questionar, seguira o caminho traçado. Herança paterna, seus dedos eram extensões de um conhecimento secular e bastaram-lhe os primeiros treinamentos para perceber que, misteriosamente, eles sabiam o que fazer – sem que lhe fosse exigido pensar.

Refletir não era do seu feitio. Para que tudo permanecesse organizado e fizesse sentido, necessitava suspender as dúvidas ou, ao menos, estancá-las. O Homem era um indivíduo represado. Nele, mais precisamente em sua margem de dentro, existia outro homem atrofiado e minguado pela ração da disciplina. O que fazia o homem de fora controlar o homem de dentro era a convicção de que pensar demais traria problema a ambos.

Em relação às mulheres, não era diferente. Conheceu uma, depois outra e, quando viu, estava envolvido a ponto de só dizer sim – às duas. Ao completar certo tempo relacionando-se com elas, assaltou-lhe a ideia de que deveria escolher uma e seguir adiante. Mas, em vez de tomar uma decisão, acabou enterrando a dúvida.

Preferia fatiar-se a conviver com o peso de uma escolha assinada em seu nome. Se a vida lhe trouxera duas mulheres, cabia aceitar e se organizar para que a tranquilidade dos dias não fosse abalada. O Homem era um sujeito singular. O triângulo amoroso existia mais por inércia que por excesso de luxúria.

Barcelona cumpria o tempo com uma manhã fechada e fria. Acordada, mas ainda deitada na cama, a Mulher olhava o teto e pensava nos filhos que não havia gerado. Fora melhor. Talvez os filhos não lhe mudassem a ideia de encontrar-se com a morte aos 40 anos. Certo, porém, era que – se existissem – teriam abreviado sua vida de qualquer forma.

Em vez de pensar em si, haveria pensado por muito tempo neles, deixando de dedicar-se, como se dedicou, à metade das situações enganosas que compunham a sua vida. Pelo menos, no caso das situações enganosas, ela conseguira se desvencilhar uma vez ou outra. Quanto aos filhos, ainda não há notícias de quem tenha conseguido driblá-los.

E, pensando na prole inexistente, levantou-se e deu com os olhos num par de brincos apoiado na mesinha de cabeceira. Ao lado deles, um papel se destacava. Segurou-o entre os dedos e reconheceu a letra da Morena. No último encontro das duas ela recomendara euforicamente que a Mulher fizesse uma visita ao endereço anotado.

Vencendo as pedras do calçamento com passos regulares, a Mulher atravessou o bairro gótico de ponta a ponta até defrontar-se com uma porta minúscula e envidraçada, cercada por janelões que faziam as vezes de vitrine. Entrou reticente como se, por saber de segredos do Homem, roubasse dele um pouco da intimidade.
	A um canto, com os olhos num anel, ele atrasava o cumprimento que haveria de fazer à turista. Com o coração aos saltos, ela virou-se de costas e passou a observar colares e brincos como se devesse alguma coisa antes mesmo de comprá-los.
	– Fique à vontade.
	Ela anuiu timidamente. Passou um bom tempo concentrada nas cores e no feitio das joias. Quando já era tarde demais para não levar nada sem levantar suspeitas, agarrou um relicário com as bordas em arabescos e dirigiu-se ao caixa.
	O Homem, apesar de acostumado a um vocabulário parco de gestos e expressões, sorriu-lhe abertamente com os olhos, traindo a economia dos lábios. A Mulher disfarçou o espanto ante a simpatia gratuita, abrindo um sorriso desconfortável.
	Soares, que começara a trabalhar na loja no dia anterior, voltou do estoque um minuto depois de a Mulher ter ido embora, a tempo de reparar que o patrão, vermelho, suava.

O Homem estava atônito com a escolha da turista pelo relicário. Ele havia desenhado a peça em homenagem à mãe, uma senhora húngara que fora enterrada com as próprias joias. O colar há muito permanecia num canto sem destaque da loja por apartar-se esteticamente de tudo mais que se vendia. Era uma joia estranha, envolvida por uma aura antiga.

Em vinte anos à frente do comércio, ele já acreditava que a peça estava encantada com alguma maldição de dona Alynka. Ou que a mãe – nas alturas – impedia a sua venda porque seu espírito morava dentro do relicário e, de lá, o protegia.

Sentia-se oprimido com a presença da joia, mas também não ousava removê-la. Não queria ser o responsável pela decisão de mandar – quem sabe o espírito da mãe – para o fundo de uma gaveta. Por isso, depois de anos sem sorrir com os olhos, desanuviou-se ao ver a turista com a peça nas mãos. Vender o relicário era como vender a vigília da mãe e, talvez, livrar-se da desaprovação implícita que persistia muito depois da morte dela.

Com o relicário nas mãos, a Mulher pensava em sua decisão de morrer. Sem filhos ou amor a renunciar e planos que pudessem reverter o vão que tinha dentro, nada sobrava para ela. Aos 20 anos, apostara na carreira como se o trabalho pudesse apagar a sensação de isolamento. Insistiu que, sendo uma mulher bem-sucedida, teria valor e propósito. No entanto, o trabalho preenchera pouco além dos bolsos. É do vazio (ou apesar do vazio) que se vive.

Ninguém se lembra de um sujeito porque ele trabalha dez horas por dia. Mesmo o presidente de uma empresa apaga-se quando os anos lhe tomam o poder. Uma vez, leu em algum lugar uma pergunta pertinente: Qual é o nome do seu bisavô? Ela não sabia. Ninguém sabia. E se não importa nem a lembrança de um parente que justifica tantas existências, também não importam (quando chega a maturidade) os nomes das pessoas que acumulam coisas e cargos. O tempo engole bisavôs e cargos com a mesma voracidade e displicência.

Sendo assim, não persistiu no esforço de se fazer importante aos próprios olhos nem aos alheios. Ao menos, não com o trabalho. E, quando havia menos um papel no qual apostar, descobriu que era preciso viver por amor. Mas amar não é acaso, como descobriu aos trinta e poucos. É necessária uma medida alquímica para que o sentimento seja frutífero. Não se pode amar pouco a si – que é para não buscar no outro a aprovação que não se tem internamente; nem amar-se demais – que é para não ver só a si ao olhar para o outro. Ela já tinha passado da mulher que não se amava à que se amava demais. Sem meio-termo. Gastou a vida recolhendo os próprios cacos na primeira fase e se mirando na retina dos outros na segunda.

Havia, por último, a fé. Porque só a fé – seja no que for – justifica os passos. Pode ser a fé de que tudo o que acontece tem um sentido. A fé de que o amanhã será diferente. E até a fé dos penitentes, que se conformam em colher, em outra vida, os louros pelos sacrifícios que fazem nesta. Mas sem fé não se caminha. As crenças ajudam a maquiar a imprecisão dos dias. E ela também tentou arriscar-se à fé, antevendo explicação para uma vida em que se trabalha dez horas por dia para ser esquecido. Ou uma vida que nem sempre ensina a amar e ser amado.

E depois de lições amargas e de caminhos abortados, sentiu-se tão cansada, mas tão cansada, que nem as perspectivas que insistisse em inventar conseguiam animá-la. Tudo estava nu. Enxergava falácias em discursos, aridez em sorrisos desenhados, o mundo inabitável. Por mais que houvesse boas pessoas – e sempre haverá –, elas se degradavam, inconscientemente, assim como ela. Tentavam, como havia tentado, ser feliz a partir do ter. A partir do ser. A partir do estar. A partir do enganar-se continuamente, até que o tempo viesse mostrar nas rugas que é mais forte que todo mundo.

A ideia da morte fez com que se sentisse poderosa. Dona da própria sorte, destruidora da ordem (teoricamente) natural das coisas. O problema era colocar o plano em prática. Faltava coragem. Tinha medo de tomar remédios e não morrer. De atirar em si mesma, viver e ter sequelas. Não podia suportar a possibilidade de ficar presa a aparelhos, sem conseguir comunicar que gostaria de desligá-los.

Então surgiu a ideia insidiosa de delegar a tarefa a alguém, desfazendo-se da própria dificuldade. Nesse dia, ante tamanha perspicácia, o espelho do banheiro lhe sorriu de volta.

Bordando um pano de prato, a Loira pensava que um dia teria sorte. Ela costumava jogar na loteria e, apesar dos anos de insistência e resultado nulo, nada lhe minava a crença de que existe o tempo certo tanto para perder quanto para ganhar. Apenas não havia chegado a hora feliz ainda.

A fé de que a vida mudaria, no entanto, crescia-lhe em proporção à frustração pela demora. Era com fios de raiva e autocomiseração que se faziam seus bordados, enquanto a filha desdentada à sua frente só lhe somava a angústia. Ela também esperava, no limite do que uma criança pode esperar. Ao passo que a mãe sonhava ardorosamente com aquilo que não tinha, a menina sentia dor pelos dentes permanentes que começavam a nascer, roubando-lhe espaços da boca. Uma lamentava a falta, a outra, a transformação que impunha o tempo. Ambas, no entanto, estavam unidas pela dificuldade em aceitar o presente como ele é: sem sorte e com dentes afiados.

Se havia amor na vida das duas, o sentimento moldava-se em pequenas ocasiões. Fazer o café da manhã para o Homem e a menina era o jeito de a Loira traduzir, por exemplo, o que sentia pelos dois. Na casa da família, as palavras viviam de escanteio, escamoteadas pelos gestos que lhes tomavam o lugar. A Loira acreditava – em seus acessos de psicanálise empírica – que falar é sempre uma forma de esconder aquilo que se pensa.

Para ela, discursos são como batalhas travadas entre as frases que gostariam de ser ditas e as que são pronunciadas de fato. Por isso, jamais se dispunha a dizer o que realmente pensava ou o que realmente sentia. Entendia o veneno que levava dentro; devia domar as palavras. Desconfiar delas. Cheirá-las e poli-las para que não causassem estragos.

Mais adormecida que desperta, a Mulher tateou a mesinha de cabeceira em busca do relógio para conferir as horas. Ouviu um estalo e, ao virar-se para procurar o que caíra, deu com o relicário estatelado no chão. Aberto, exibia a microfotografia de uma senhora com o olhar entre o soturno e o zombeteiro. De fato, não havia prestado muita atenção na peça antes de comprá-la. Na pressa em escolher rapidamente algo da loja, cravara os olhos apenas na parte exterior do relicário, sem se dar conta da utilidade da joia, a de servir como porta-retrato.

Sentiu-se estranha ao pensar que, no dia anterior, havia andado pela Casa Batló levando no peito a imagem da mulher desconhecida. Pelas bordas amareladas, a foto parecia antiga. Talvez fosse um retrato qualquer, ali somente para servir de modelo. Mas, e se fosse a imagem de algum parente que o homem tivesse colocado para checar as proporções da joia e então a esquecido?

Quando o matador viu a Mulher na soleira da joalheria, procurou em seu histórico de expressões uma que lhe disfarçasse a excitação. A reação, moldada pelos anos, ao ver uma vítima aproximar-se ou ao aproximar-se de uma vítima, comparava-se a um pico de cocaína. Fazia-lhe o sangue afluir para a epiderme, o batimento cardíaco aumentar e as pupilas dilatarem.

    Instintivamente, apoiou a mão no cós da calça e procurou a pistola. Ainda desorientado, lembrou-se de que estava na loja, desarmado. E, antes que pudesse se recompor para então acercar-se dela, perguntando se desejava ajuda, percebeu que ela sequer notara a sua presença. Dirigia-se ao ourives, que estava sentado à mesa, com os olhos postos numa pequena esmeralda.

    – Oi. Vim lhe devolver esta foto.

    O espanto do Homem revelou-lhe as rugas, ao que ele apertou os olhos e reconheceu a imagem da mãe.

    – Sinto muito. Não devia ter colocado esta foto no relicário. E muito menos ter-lhe entregado sem verificar que estava dentro.

    – É verdade.

    – Eu sei. Obrigado por se importar.

    – Eu não me importo, na verdade. Só não queria andar com a foto dela no peito. Esse olhar assustador... Ela me parece capaz de qualquer coisa.

    – Sempre foi.

    – E pelo visto te mete medo...

    O Homem enervou-se. Um descuido não era motivo para a turista ofendê-lo, insinuando que ele era covarde. Mas as pessoas, hoje em dia, são assim mesmo, nem precisam de intimidade para dar vazão aos desaforos.

    – Bem, a foto já foi devolvida. Passar bem que eu preciso trabalhar.

A tarde tinha sido enigmática para o matador. Que estranha relação tinha a cliente com o patrão... De fato, a conversa entre os dois apenas confirmava sua hipótese: eles deviam ter tido qualquer coisa, da qual provavelmente o homem se esquivara. Não tirava a razão dele, aliás. Devia ser bem difícil dar conta de duas mulheres, que dirá de três.

    O que não entendia era o ourives entregar um relicário para a mulher com a foto de uma das outras duas. Ela não tinha sido grossa à toa. O romance entre os dois devia ter desandado por causa da dama na foto. Se não, por que diria que ele tinha medo? Por que falaria que a outra parecia capaz de qualquer coisa? Ficou curioso por saber se a foto era da loira ou da morena. Infelizmente, o patrão meteu o retrato no bolso e não mais o tirou de lá.

Soares acordou agitado. Conferiu seu reflexo no espelho quatro vezes temendo que algum detalhe, passado despercebido, pudesse lhe dar à cara uma aparência idiota. Tinha despertado duas horas antes do horário habitual para aprontar-se sem a pressão do relógio. Quando o patrão lhe dissera que seria preciso ir mais uma vez à casa de sua esposa, um pouco antes do começo do expediente, quis o matador não demonstrar entusiasmo. Agora, ali, diante do espelho pela quinta vez, sentia-se num dia fatídico. Aos dias fatídicos, chamava aqueles em que mataria alguém, acertando escrupulosamente os horários de cada fase da tarefa. Não era o caso do dia, mas a sensação assemelhava-se.

Quando esteve ao lado da Loira pela primeira vez, viu-se atraído pelo que chamava de "a zona do incognoscível". A expressão pomposa, nascida numa conversa entre ele e outro colega de profissão, fora cunhada pelos dois para explicar o frenesi que os assaltava quando se colocavam numa situação que poderia fugir do controle. A priori, Soares sabia que qualquer situação – mesmo as mais prosaicas – tinham uma potencial zona do incognoscível.

Matar, entretanto, era essencialmente zona do incognoscível. Mesmo planejando meticulosamente para evitar surpresas, ele sabia que só não tinha sido apanhado porque as probabilidades jogaram a seu favor. Um simples atraso de um pedestre na rua, uma conversa despretensiosa entre a vítima e um garçom ou uma chuva repentina poderiam lhe virar a sorte. Por isso, antes de um dia fatídico, sempre rezava para a Virgem Maria, pedindo à santa que lhe facilitasse o caminho.

Desta vez, porém, não rogava a Ela que o protegesse dos imprevistos. Pedia que lhe conferisse calma e serenidade para poder encontrar a loira e conversar com ela sem parecer um imbecil. Não sabia exatamente o que falar para passar boa impressão, mas queria que ela gostasse dele. E que sorrisse. Queria muito que ela sorrisse.

Toda quarta-feira, às nove da manhã, a Loira preparava-se para sair de casa em direção à lotérica da rua de baixo. Gostava de imaginar que talvez fosse a última vez que percorreria aquelas vielas antes de ficar milionária. Passava pelas floriculturas sonhando com uma casa repleta de rosas brancas e móveis caros. Descansava na ideia de uma velhice confortável, repousada em coisas bonitas e finas que, enfim, seriam dela.

Bastavam esses tipos de pensamento para a face cobrir-se de rubor e ela abrir as portas da varanda para deixar entrar o ar e as possibilidades. Quando tinha as mãos assentadas sobre as duas maçanetas, entretanto, ouviu o interfone e sobreveio-lhe o mau humor. Lembrou-se de que o marido havia pedido que entregasse umas caixas ao funcionário da ourivesaria.

– Nunca deixo de ser empregada dele!

Soares subia de dois em dois degraus. A cada arqueada de perna, o peito arfava. Não era, porém, cansaço nem despreparo; subira a mesma escada facilmente alguns dias antes. Ao chegar à metade do caminho que levava à porta, parou como que atacado por asma. Sentia frio. O corpo tremia levemente.

Era acostumado a flertar com mulheres que de antemão haveriam de querê-lo. Desde a adolescência, sempre apostara nas mais feias, nas que o aceitariam por se acharem piores do que ele ou nas que não tivessem nada a fazer senão dar-lhe trela. Não que Soares desse cãibra nos olhos, aliás. Era genuinamente mediano e não se podia dizer que fosse bonito ou feio, tão na fronteira entre os dois estava.

As mulheres, dissera-lhe uma vez o pai, são mais parecidas do que as aparências levam a crer. Portanto, meu filho, não perca tempo escolhendo demais porque, no fundo, quem se escolhe não faz a menor diferença.

O matador concordava em partes. Nos parcos relacionamentos que tivera – finados, sobretudo, pela insistência das namoradas em saber como ele ganhava a vida –, havia percebido que as dinâmicas eram no mínimo similares, quando não as mesmas. Conversas, planos, brigas, inseguranças de ambas as partes, tudo um roteiro tão bem amarrado que, se mudava a atriz principal, nem por isso a história se alterava.

O que lhe deixava propenso a achar que com a loira seria diferente ou mesmo o que lhe tirava o ar no meio da escadaria era sentir que tinha conhecido a própria zona do incognoscível, se esta pudesse sair das situações do dia a dia e transformar-se numa pessoa. Soares, sempre tão cercado de zelos quanto ao próprio andamento da vida, via-se, de chofre, com a alma desprevenida.

– Pois não, queira entrar.
– Desculpe incomodá-la mais uma vez.
– Aceita uma água?
– Prefiro um café, pode ser?
– Sim. Vou buscar.

Com esforço para não fazer tremer a xícara que tinha entre as mãos, o matador tentava puxar da memória qualquer coisa que pudesse desenvolver em conversa e passar boa imagem. A iniciativa lhe foi tomada quando já pensava em falar sobre o calor e em como era preciso chover para que os dias se amenizassem em Barcelona.

– Veio andando até aqui?
– Sim.
– Está um calor de matar.
– Se está. Há pouco vi umas senhoras paradas na fila da loteria e me perguntei como podem suportar tanto sol nas cabeças descobertas.
– A fila estava grande?
– Muito. Também... São 100 milhões de euros... Nunca se sabe quando a sorte vem, não é?
– Sabe que penso exatamente assim? Há pouco, inclusive, estava me aprontando para ir à loteria fazer a aposta.
– Se quiser, posso fazer pela senhora.
– Ah, que gentil. Não é preciso. Gosto de ir até a rua apostar. Faço isso toda semana. Mas, por favor, não comente com meu marido. Ele sempre acha que é dinheiro jogado fora.
– Mas não se deve pensar assim. Se por acaso pensassem assim todos que um dia foram sorteados, haveriam de estar na vala da vida anterior até hoje.
– Ah, mas é exatamente como eu penso. Ao bobo do meu marido, só lhe entra na cabeça aquilo que é retorno certo, como ele diz. É por isso que a ele só se dá, há muito tempo, a mesma ração de sempre. Não pensa alto. Não sonha. Mas me desculpe... Não deveria dizer-lhe essas coisas, ele é seu patrão...
– Sabe que meu bisavô ganhou na loteria?

– Jura?
– Sim.
– Apostou uma vez e tirou a sorte grande?
– Não. Apostava toda semana. Às vezes, a sorte precisa de insistência.

A Loira abriu um sorriso contentíssimo. Ao sair do prédio, Soares não poderia estar mais satisfeito. Dera a sorte de falar da loteria, um assunto que havia feito brilharem os olhos dela. E, ao que ela falou que se preparava para fazer uma aposta semanal, aproveitou a deixa para inventar um parente que tivesse sido contemplado ao apostar, obviamente, da mesma forma que ela.

Os mecanismos de identificação são uma excelente forma de contato. É da identificação, afinal, que se tece a crença ingênua de gostar do outro quando, muito desse gostar, é mais de si que de qualquer outra coisa.

A Mulher olhava para os dois lados da rua e pensava em Soares. Ele poderia estar em seu encalço, prestes a desferir o tiro misericordioso. Assim tinha pedido sua morte: sacramentada por uma bala precisa, rápida e, de preferência, quase indolor.

Saído da zona cega de seus olhos, um vulto aproximou-se. Resolveu não olhar diretamente e manter o caminhar compassado. Entrou numa rua pouco movimentada para o matador se sentir confortável na realização do serviço e respirou fundo. Então uma mão tocou-lhe suavemente o ombro, revelando na extensão um sorriso de reconhecimento.

– Pois vejo que não são apenas as frutas que nos põem a cruzar os caminhos.

– É mesmo. Que coincidência. Como você está?

– Estou muito bem. E os passeios?

– Ótimos.

– Que bom. Foi à loja que eu indiquei, a joalheria do meu marido?

– Fui. Muitas coisas bonitas.

– Viu? Eu tinha certeza de que você iria gostar. Olha, eu estava indo à esquina comprar uns pães. Faço questão de que me acompanhe num café. Virgilio passa o melhor da região.

— Estou com um pouco de pressa...

— Ih, deixa disso... Não se pode ter pressa quando se faz turismo. E não é só de pontos turísticos que se faz uma cidade. Barcelona está mais nas esquinas do que nos lugares gastos pelas fotografias.

— Se é assim, tudo bem. Vamos ao café.

De fato, o café do Virgilio exalava um cheiro delicioso. Só perdia para o sabor acentuado, que se dissolvia nas papilas gustativas, tomando a boca por inteiro. A Mulher semicerrava os olhos ao sorver cada gole. A Morena sorria-lhe. Dessa vez, porém, a Mulher devolveu um sorriso franco, diferente das ocasiões anteriores. É que, por mais que se queira evitar as identificações, há vezes em que elas se sobrepõem às reservas de uma pessoa.

Por quase três horas, as duas falaram dos homens, do tempo, das mães, de receitas, de anseios e de dietas. Pediram mais café, pedaços de bolo e até riram com o Virgilio, que veio jogar conversa fora. Fazia uma tarde linda, dessas que costumam ficar na memória.

Arderás no fogo do inferno por teres vendido o relicário que fizeste em minha homenagem. A tua mãe, meu filho, que tanto te velou e pranteou e a quem vendes agora como se não tivesse a menor importância. Que tipo de homenagem quiseste me fazer se a trocaste por um punhado de euros? Acaso valho tão pouco que posso ficar pendurada num pescoço de alguém que sequer conheces? E que sabe-se lá por onde anda?

A voz de dona Alynka repetia-se como uma melodia chorosa no sonho do Homem. Desprendia-se, porém, de um corpo que não era o dela. Os cabelos eram os da Loira. Já os seios e os quadris, da Morena. Os olhos oblíquos, no entanto, eram os da turista que havia comprado a peça.

Largando suor na cama, ele tentava escapar ao pesadelo forçando os músculos para que pudessem se mover e, assim, despertar o corpo. Há sonhos, porém, que se prendem ao espírito com amarras muito benfeitas. Há que se viver o desespero de instantes não contabilizados pela consciência até que se possa conseguir um mínimo movimento muscular e depois mais um, e outro e ainda mais outro para, então, libertar-se do jugo.

Arqueando o corpo de uma só vez, depois de se libertar das frases persecutórias da mãe, o Homem postou-se à beira da cama com a sensação de que a velha se fazia sentir no ambiente. A Loira, que há pouco sonhava com os passeios que faria caso ganhasse na loteria, acordou com o sobressalto do marido.

– Que houve? Teve um pesadelo?
– Sim. E fiquei preso nele.
– Ãh?
– Você nunca ficou presa num pesadelo?
– Presa? Pelo amor de Deus, homem, isso não existe...
– Existe sim. Você tenta se mover pra acordar e o corpo demora a obedecer. Então, tem de aguentar as sensações desagradáveis do pesadelo até que o corpo responda e você consiga despertar. É horrível.
– E o pesadelo foi com o quê?
– Com a minha mãe.
– Que Deus a tenha.
– Que Deus a tenha longe dos meus sonhos.
– Não fala isso, é pecado falar mal dos mortos. Ou você quer ir pro inferno?
– Pois é justamente o que ela me praguejava.
– E por qual razão?
– Porque vendi um relicário que tinha desenhado em homenagem a ela.
– No pesadelo?
– Não, de verdade. Lá na loja.
– Eu também ficaria chateada se você fizesse uma joia em minha homenagem e a vendesse... Vai saber onde ela poderia parar...

O Homem sentiu calafrios ao ver as mesmas palavras saltarem do sonho e inundarem a boca da Loira, tal como se dona Alynka, por trás da cortina, cantasse à outra a mensagem a qual ele não poderia escapar nem acordado. Concluiu que a mãe reiterava a lamentação pela voz da esposa e que, sendo assim, não havia outro remédio que não o de recuperar o relicário vendido.

O Homem estava satisfeito por ser dado a arquivações. Correndo os dedos pelo caderno com a capa de couro preta, achou o nome da cliente que comprara o relicário e também o endereço do hotel onde estava hospedada. Se ela ainda estivesse em Barcelona, pediria ao funcionário que fosse até a hospedagem e lhe oferecesse uma boa soma pela peça. Pior que a perda financeira pela reversão de um bom negócio seria aguentar a mãe nos calcanhares pelas noites seguintes.

Quando se lembrava do pesadelo em que estivera metido e preso na noite anterior, o homem raivoso que lhe habitava dentro sacudia-se em assombrosas bordoadas. Era preciso devolver o relicário à loja para que a vida voltasse a sua ordem natural. E para que ele pudesse dizer *minha pobre mãezinha*, sem que a ira lhe traísse o tom das palavras, revelando um filho cheio de ódios e de mágoas.

A progenitora morta fazia-se sentir, mais uma vez, ainda que ausente. O Homem quase deixou cair o papel pardo com as informações que passaria ao funcionário, ao ver uma senhora curvada sob um xale marrom entrar na joalheria. Era apenas uma cliente, mas a racionalidade perdera lugar para o espírito sobressaltado.

Soares andava pelas ruas como se bêbado estivesse. Meticuloso, assombrava-se ante a ideia de falar – sem nenhum preparo psicológico – com a mulher que deveria matar. Não entendia por que o patrão queria o relicário de volta; ao lhe perguntar, ouvira num tom irritado que cuidasse da própria vida e obedecesse à ordem de ir buscar a peça.

Uma das regras que seguia à risca era jamais conversar com uma vítima. Achava desleal jogar papo fora e depois matar. Muitos dos colegas não viam o menor problema, conhecia casos de quem tomava até cerveja com o futuro finado. Ou filava um cigarrinho. Não era seu caso. Procurava matar o mais respeitosamente possível, com consciência.

Falar com a Mulher mudava o plano. Sentia-se obrigado a adiantar o serviço, um péssimo presságio. Apesar de matar quem fosse a mando de qualquer um que lhe pagasse, existia o jeito certo de fazer as coisas. Seu método consistia em trabalhar com prazos elásticos, jamais com datas definidas. Agia assim por acreditar que havia dias mais auspiciosos ao assassinato e outros menos. Dentro do prazo fornecido – pedia, no mínimo, uma semana – ele acordava, raspava os pelos do corpo, olhava para o céu e conectava-se, buscando sentir se era um dia bom para matar ou não.

A caminho do hotel, o dia lhe parecia bem ruim. No cós da calça larga, a pistola HK fazia discreto volume. Enquanto esperava a recepcionista anunciar a visita, acariciava a arma para se acalmar. No elevador, ao alisar a ferramenta, sentia o suor brotar dos poros; a adrenalina espalhava-se pelo corpo. Um. Dois. Três. Quatro. Cinco. Seis andares.

Se a Mulher tivesse dito à recepcionista que desceria para recebê-lo, ele teria adiado a tarefa por não poder assassiná-la no hall do hotel. Mas ela estava ali, fácil, porta aberta e com a cara ainda mais bonita do que na fotografia.

– Pois não. Queira entrar.

– Desculpe incomodar. Vim em nome do meu patrão. Ele pede que a senhora devolva o relicário. Sabe do que estou falando, não é?

– Mas eu devolvi a fotografia. Por que ele quer a joia?

– Desculpe, senhora. Às vezes, as pessoas se arrependem das decisões que tomaram.

– Sim, pessoas confusas.

– Nem sempre. A senhora nunca se arrepende de uma decisão?

– O que isso tem a ver com a história? Já devolvi a fotografia sem ter a menor obrigação. A joia é minha.

– Ele disse que lhe dá mil euros pela peça.

– Eu não preciso de dinheiro.

– Mas, senhora, é capaz de ele se aborrecer comigo se volto lá sem o relicário.

– Isso já é problema seu.

Desprevenido com a grosseria, Soares engoliu saliva e acabou engasgando. Levantou os braços, tossiu o mais que pôde e tinha os olhos vermelhos e lágrimas na cara quando a mulher compadeceu-se.

— Desculpa. Fui grossa e você não tem nada a ver com isso. É que eu ando irritada...

— Sinto muito, senhora.

— Deixa pra lá. Aliás, eu conheci a esposa do seu patrão outro dia... Coitada. Tão simpática... Tão dedicada a ele e ao filho...

— A senhora está bem?

— Tomei uns remédios novos ontem... Pra dormir, sabe? Mas acho que confundi as pílulas, estou meio agitada. Mas quem não está bem é você. Espere um pouco. Vou pegar uma água.

E quando a Mulher virou-se e agachou-se na frente do frigobar, surgiu o momento perfeito para executá-la. A parte superior do crânio estava exposta, convidativa, a risca branca do penteado formando a linha de um mapa. Soares colocou a mão esquerda no cós da calça e, com a direita, procurou o silenciador no bolso interno da jaqueta. O companheiro silencioso não estava lá.

Enquanto o barulho da água resvalava na borda do copo, pensava que se não tivesse sido pego desprevenido pelo patrão, teria estudado as saídas alternativas do hotel e poderia matá-la mesmo fazendo barulho e atraindo atenção. Fugir rápido e de forma limpa eram talentos que o colocavam acima da maioria dos colegas de profissão.

A planta do prédio, no entanto, encontrava-se debaixo de sua cama, no apartamento alugado. E havia a camareira do andar, ainda não sabia os horários dela. E se estivesse no apartamento ao lado? Não, melhor adiar o serviço, havia muitas circunstâncias contrárias. Bebeu a água que a Mulher ofereceu, agradeceu e, em vez do elevador, desceu os seis andares de escada.

Em vinte anos de profissão, o matador jamais esquecera o silenciador ou qualquer detalhe que o impedisse de cumprir diligentemente o seu trabalho. Justificou a falha por ter sido pego de surpresa pelo patrão e culpou o dia; sim, era um dia ruim para matar. Se conhecesse melhor a si mesmo saberia que eram apenas desculpas. Pequenas desculpas apodrecidas como um gosto ruim na última colher de um manjar.

A Mulher poderia ter devolvido o relicário, afinal, de que valeria uma joia a sete palmos do chão, se esperava estar morta em breve? No entanto, negara a oferta por princípio. Aquele homem enganava duas mulheres sem o menor indício de culpa; não merecia consideração da parte dela. Já havia feito muito em devolver a fotografia da senhora.

    Era difícil ver a Morena, tão doce, esforçar-se tanto pelo marido descarado. À Mulher cabia a pequena vingança de deixar a joia ser comida pela terra. Imaginar o homem ouvindo o não taxativo da boca do funcionário divertia-lhe à beça.

Em casa, o ourives estava desconsolado. Ao saber que a Mulher não queria devolver o relicário, previu toda sorte de pragas lançadas pela mãe. Andava de um lado para o outro contando que o movimento pudesse suceder-lhe alguma ideia. A Loira o olhava de esguelha e passava um pano molhado no chão da sala, desviando-se cuidadosamente de seus pés.

De vez em quando ele a olhava, entreabria os lábios, fazia que ia falar, porém calava-se. Ela continha um sorriso, ele se exasperava. O clima pesou quando a menina entrou na sala. Com olhos esbugalhados, apontava o pai e falava, subindo a voz a cada repetição:

— Vovóoooooooooooo.

— Está vendo? Até a menina chama por ela. Minha mãe quer me atormentar, é isso. Enquanto eu não conseguir aquele relicário de volta, minha vida será assim, com alguém a me apontar e a me lembrar de que eu a vendi.

— Vovóooooooooooooooooooo.

— Para com o exagero, homem... Você não vendeu a sua mãe. Confesso que também ficaria chateada no lugar dela, mas isso se estivesse viva. Desde quando os mortos podem chatear-se?

– Vovóooooooooooooooooooo.

– Ofereci mil euros para que a mulher me devolvesse o relicário. E nem assim ela quis.

– O quê? Mil euros?

– É, mil euros.

– Por acaso enlouqueceu? Você não tem a menor consideração com a sua família, não é possível... Olha esse sofá. Olha! Não foge não. E carne? Há quanto tempo a gente não compra uma carne decente porque você diz que é cara? E você quer jogar fora mil euros porque andou sonhando com uma velha?

– Com uma velha, não! Com a minha mãe!

– Você é um idiota... Foi Deus que olhou por mim e iluminou a cabeça dessa mulher para ela não aceitar a oferta.

E saiu pisando firme para a cozinha, arrependida de, instantes antes, ter achado graça na preocupação do marido.

Eram tão raros os momentos de humor espontâneo na casa, que ela tinha se alegrado ao vê-lo cômico, como uma marionete a percorrer os cantos da sala, de um lado a outro. E daí surgira-lhe a ideia de pregar no marido uma peça, amargada ao saber que ele oferecera mil euros pela joia. As crianças, no entanto, nem sempre entendem quando uma brincadeira acaba.

– Eu falei vovó muitas vezes, mamãe. Agora quero a minha bala.

O Homem havia saído de casa, mas nem assim a raiva que consumia a Loira se dissipava. Estava cansada de viver medianamente, escolhendo sempre – por falta de dinheiro – comida, móveis e sonhos que, se não eram pouco demais, longe também estavam de ser grande coisa. Quando o conhecera, brilharam-lhe os olhos a palavra ourives e o complemento sou dono de uma loja.

Imaginou-se cercada de ouro e, ao visitar o apartamento em que viveriam, fora-lhe prometido mundos e fundos. Mudariam o sofá, a cama e aquele piso nojento. Um ano e meio depois, o que havia mudado era seu estado de espírito, cuja desesperança temperava a sopa de todos os dias.

Ela não tinha forças para buscar em si a luta e a transformação que apregoam as mulheres modernas. Nunca entendera qual o ganho real dessas mulheres que, além de fazer tudo o que faziam antes – como cuidar da casa e dos filhos –, ainda se martirizavam de salto alto nos escritórios. Concordava com a mãe, era o cúmulo da estupidez sair de casa em troca de uns poucos euros.

Aos argumentos de que, antes, os homens faziam o que bem entendiam com as suas esposas, traindo-as e confiando que, por dependência, elas anuiriam ou fingiriam não ver, a Loira ria. Pois continuava a ver mulheres de salto alto serem traídas. Com o acréscimo de serem mães ausentes. Liberdade, boba, era o que proporcionava o antigo conceito de família. Os homens trabalhavam, sustentavam as esposas, enquanto estas podiam sonhar com flores na varanda e roupas novas.

Disso vinha a sua maior tristeza. Desde menina, sabia não ser bonita o suficiente para conseguir um bom partido; ao contrário da irmã, cheia de curvas e com olhos de gata. Já estava quase resignada a uma vida média, quando deparou com o Homem e viu nele a sorte que enfim lhe chegava.

Então, diante do milagre, assuntou aos quatro ventos na família que seria a única a ter uma casa e uma vida decentes. E disse ainda que Deus era muito justo, pois dava mais valor aos verdadeiros desejos da alma do que às qualidades superficiais de nascença, como a beleza. Ela, temente a Ele, fora contemplada com um marido rico. Era o prêmio por prezar as Escrituras que, não à toa, dizem que os últimos serão os primeiros.

Ai, que ilusão... E para substituir a ilusão que o casamento não fora capaz de preencher, só havia a loteria. Por meio da sorte, ainda poderia ter tudo o que desejasse e, aí sim, receber a família em casa como não fazia desde que aceitara os termos medianos impostos pela vida.

Por mais saudade sentisse dos pais e da irmã, o orgulho a impedia de convidá-los para uma visita. Contara com os ovos não chocados pela galinha. Seria humilhação mostrar-lhes que a vida boa alardeada antes mesmo de mudar-se com o marido, não passara de um equívoco, de uma promessa não cumprida.

Tudo culpa dele, do pão-duro. Do sorrisinho dissimulado, daquele brinco de ouro que lhe dera no início do relacionamento (e que seria o único) e do maldito egoísmo que o levava a querer gastar mil euros só para se sentir menos culpado em relação à mãe. Sobreveio-lhe uma raiva tão grande que teve vontade de ir até a ourivesaria e dizer-lhe que o odiava.

Mas isso era apenas no que a Loira queria acreditar. Onde existe ódio, também existe amor. E medo, apego e todas as outras coisas que tornam a análise da vida tão imponderável quanto os números da loteria. Essa reflexão, a respeito dos sentimentos transversais e afluentes ao ódio, porém, é apenas a intervenção de um incontido narrador. Que fique atento o leitor, pois isso em nada muda os fatos.

O que muda os fatos é: o veneno que a Loira tinha dentro, escondido nas palavras que não dizia, buscava romper o lacre para não sufocá-la. E, em momentos como esse, a raiva ferve a tal ponto que toda a razão fica limitada a um canto da sala, a assistir um novo personagem a tomar o lugar do antigo. Foi essa pessoa nova, alimentada pela raiva, que abriu a porta para Soares, mais uma vez em visita para buscar materiais de trabalho para o patrão.

O matador percebeu a mudança no canto da boca da Loira. A comissura reta dos lábios, antes apagada, subia em direção às têmporas numa composição de vivacidade e ousadia. Sua intuição se comprovava: ela era a própria zona do incognoscível personificada, pois ele não saberia dizer para que direção ela iria nem que surpresas encerraria na trajetória. A antiga Loira estava ali, estampada na forma física frágil, mas decerto havia outra, que saltava de ângulos novos do rosto e abria-se em possibilidades.

Dessa vez, o café veio mais forte e quente. E, ao pousar os biscoitos amanteigados à frente dele, ela sentou-se ao seu lado com as pernas cruzadas e a boca entreaberta. Soares, desconcertado ante o grau de intimidade, engasgou e teve um acesso de tosse. A Loira apenas sorriu, como se esperasse o aturdimento dele ante a sua súbita amabilidade.

Levantou-se, buscou água, colocou-a nas mãos dele e esperou até que ele se recompusesse. Soares pediu desculpas e tratou de levantar um assunto que lhe desse tempo para dominar o súbito constrangimento e dissipar a tensão que se imiscuía na sala.

– E como vão as apostas na loteria? Já fez a fé desta semana?

– Ainda não. São 40 milhões de euros... Você apostou?

– Não... Acha que devo?

– Quem não arrisca não petisca. É assim que o mundo funciona.

– Nisso a senhora tem razão.

– Não me chame de senhora, por favor. Aqui estamos entre amigos.

– Devemos dispensar essas formalidades?

– Se devemos eu não sei, me diga você.

– Assim a senhora me coloca numa posição difícil. Eu prefiro chamá-la de você, sem dúvida.

– Pois então está feito. Até porque, legalmente, eu não sou uma senhora. Não me casei no papel.

– Não?

– Não. Nem na igreja.

– Não sabia.

– É, vivo em pecado aos olhos de Deus. Você acredita em pecado?

– Não tenho opinião formada sobre o assunto.

– Pois eu acredito em pecado. Diz a *Bíblia* que somos pecadores por natureza.

A Loira inclinou-se para Soares. Pegou as mãos dele e dirigiu-se ao quarto a tempo de, no meio do caminho, olhar a porta entreaberta do aposento da filha e se certificar de que ela dormia profundamente.

Trancados no cômodo de casal, Soares e a Loira olhavam-se como a medir a distância que os separava. Ela alisava a colcha da cama enquanto ele, de pé, apoiava-se no parapeito da janela. Levantando-se lenta como uma gata, a Loira apalpou o fino tecido do vestido e roçou a mão por baixo dele, encostando os dedos frios na lateral das coxas. A peça íntima, guiada pelas mãos, deslizou para baixo, cortando caminho entre os pelos da panturrilha e a base do calcanhar. Então ela retesou o corpo para o centro da cama, abriu as pernas e, olhando Soares com apelo nos olhos, semicerrou as pálpebras e esperou que ele viesse.

A Morena divertia-se com as histórias da Mulher. Ficava como criança, com as duas mãos apoiadas no queixo e a imaginação a colocá-la no lugar da outra em cada uma das narrativas. Divagando, imaginava-se nas viagens, concedendo entrevistas, em outro tempo que não o dela porque não tinha força nem empenho para buscar o sucesso.

Contentava-se em contemplar a sombra do que poderia ter sido, caso a receita de si levasse um pouco mais de ousadia. A fantasia era, pois, a maneira de sentir algum cheiro do triunfo sem que tivesse de pagar o preço que a realidade exigiria para alcançá-lo.

Em busca de catarse, costumava ler romances americanos, aqueles que têm sempre um casal em posições sensuais na capa. Neles, as protagonistas suportavam inúmeros capítulos de sofrimento e de dúvida para, só depois, conquistarem o amor e o triunfo. O final feliz exigia danos intermediários.

A personagem Dolly Maleigh, que de empregada doméstica passou a dona de tecelagem casada com o amor de sua vida, só pôde sagrar-se no final do livro após livrar-se da capa de vítima sob a qual se escondia desde a adolescência. A bíblia da Morena, na qual se refletia todas as noites, era o livro onde Dolly Maleigh vivia. Isso até reconhecer na Mulher uma substituta para a amiga fictícia de tantos anos.

Nem sempre a Mulher era a protagonista nos diálogos entre as duas. Quando a Morena abria a boca para relatar seus caminhos, sentia espanto ao perceber que, apesar dos pesares, gostava deles. Contava como o filho era esperto, tendo andado e falado muito antes das crianças da vizinhança. Entrevia brilhantismo em cada passo que ele dava, antevendo o futuro promissor que, se não lhe tinha batido à porta, certamente bateria na do menino.

Gostava até mesmo de falar das últimas fofocas, que vicejavam da inveja das vizinhas por causa de uma moça nova que exibia as coxas grossas num short curto, através do gradil de uma das varandas do prédio.

— Pois sempre, às cinco da tarde, ela se põe na varanda com aquele short escandaloso. E dá-lhe os homens arranjarem desculpa para descerem à rua e zanzarem lá embaixo pra apreciar a vista...

— O seu marido também?

— Imagina! Às cinco ele ainda está trabalhando. Mas ai dele! Eu colocaria um short mais curto ainda e ele veria o que é bom.

— Mas a que horas ele chega? Estive aqui outros dias, às vezes até tarde, e não o vi.

— É que ele não vem para casa todos os dias. Tem um fornecedor lá em Badalona que o recebe tarde da noite para mostrar algumas mercadorias. É um povoado aqui do lado, mas, na maior parte das vezes, meu marido prefere ficar lá numa pensão a voltar de madrugada e encontrar-se com gente ruim no caminho.

— E quantas vezes ele costuma ausentar-se?

— Dois ou três dias por semana.

– E não seria possível combinar de ver todas as peças num só dia?

– Seria bom, mas o fornecedor é cheio de dedos. Às vezes, penso que ele gosta de se livrar rápido do que tem porque a procedência dos produtos é duvidosa. Vai saber. Mas não costumo me meter nos negócios do meu marido. Deixo-o lá com a vida dele e eu cá com a minha que assim as coisas andam.

– É um jeito de se pensar. Eu ficaria curiosa de saber onde meu marido passa tantas noites.

Naquela noite, o Homem dividiu sua inquietação com a Morena.

– Mas que má sorte! Tantos relicários na loja e a mulher foi logo cismar com aquele. E eu que sorri, feliz da vida, achando que fazia um bom negócio em me livrar daquela desgraça. E agora? Será que terei de ir pessoalmente implorar que ela me devolva?

– Se eu fosse você, tirava isso da cabeça, amor. Sua própria mãe dizia que o que não tem remédio remediado está.

– Se fosse tão simples...

– Por que você não enterrou a joia? Ela não levou todo o ouro que tinha para o túmulo?

– E por que você não foi útil o bastante para dar essa ideia quando a velha estava mais pra lá do que pra cá?

– E eu ia pensar em enterrar a sua mãe quando ela não sabia se ia ou se ficava? Aliás, foi uma situação muito esquisita... Você se esqueceu de que nem me deixou ir ao enterro dela?

– E o menino pequeno ia ficar com quem?

– Eu dava um jeito. Nessas horas há sempre quem ajude.

– Foi melhor assim.

– Sei... Você não queria era que eu te visse chorar.
– Você e suas teorias a meu respeito.
– Amor, não é feio homem chorar. Você pode desabafar comigo quando quiser.
– A minha mãe quer me azucrinar pela eternidade... Ela colocou todas as joias que tinha no porta-joias, menos o relicário... Por quê? Porque ela queria que eu esquecesse de enterrá-lo com ela. Ela *queria*. Fazer isso logo comigo, um filho tão bom...
– Querido...
– Que foi?
– Desculpa, mas você nunca foi um filho bom.
– Como não? Acaso deixei faltar alguma coisa à minha mãezinha?
– Faltar não, mas substituía bacalhau por linguado na páscoa e só dava, no aniversário, as joias menos vendidas da loja.
– Mas se foi ela mesma quem me ensinou a economizar!
– Pois bem, se essa justificativa te faz feliz, ótimo. Vamos dormir? Já é tarde...

No meio da noite, dona Alynka veio povoar novamente os sonhos do Homem. Estavam na mesa de jantar, ele, ela, a Morena e a Loira.

– Pois saibam que eu não o criei para virar o que virou. O pai, inclusive, era bem diferente. Ah, meu amado Salvo... Dizem as más línguas que os ciganos não se dão apenas com uma mulher, tendendo a colecionar outras tantas que encontram pelas ruas. Mas isso é uma grande calúnia. Salvo foi só meu, desde o início. Vendia as joias de porta em porta e nunca ouvi sequer um comentário que lhe minasse a reputação. Era tão correto com as clientes que seu olhar jamais lhes caía dos ombros para baixo. Podem imaginar?

– Que benção – disse a Morena.

– É. Outros valores e outros tempos – completou a Loira.

– Eu bem que tentei, minhas filhas, colocar algum juízo na cabeça desse aí. Achava que ele vivia de acordo com os bons costumes e fiquei tão feliz quando ele me disse que eu seria avó do pequeno que, coitada de mim, nem supunha o que ele aprontava. Lembro-me até hoje do dia em que chegou lá em casa, de cabeça baixa e com uma dúzia de ovos embaixo do braço. E então me disse que seria pai de novo. E ao que eu fiz o sinal da cruz e perguntei-lhe se não dava à esposa descanso nem no resguardo, respondeu-me que era de outra e que agora vivia com duas mulheres.

– Que cara de pau – disse a Loira.

– E ainda tem coragem de contar isso pra mãe... – completou a Morena.

– Busquei respostas incessantemente, minhas filhas, para uma atitude tão insensata. Indaguei se não seria a tua comida insossa a culpada pelo desvario – disse olhando para a Morena –, ao que ele me respondeu que a falta do sal não o faria chegar a tanto.

– Falta do sal? Mas é tão dissimulado que sempre elogia meus pratos, enquanto diz a você que lhes falta sal? Sabia que ele lambe os dedos com o meu ensopado?

– Pois é... Quando é para fingir alguma coisa ele faz direito.

– E quanto a mim? O que ele disse? – perguntou a Loira.

– Disse que até se interessou por ti no começo, mas ficaste tão desleixada que o encanto acabou substituído pelo medo de te deixar e ser perseguido por ti pelo resto dos dias. Mas também, minha filha, olhe para si... Quando foi a última vez em que arrancaste esses pelos da perna?

A Loira e a Morena o olharam com todo o fel que lhes cabia na alma. E, de repente, o Homem viu-se com os pés e as mãos atados à cadeira em que se sentara. O horror e a impotência cresciam-lhe à aproximação delas. Gritava "Mãe, elas querem me bater!", mas dona Alynka havia tirado uma lixa de unha da bolsa e concentrava-se nas mãos, levantando os olhos apenas para sorrir.

A Loira forçou-lhe o maxilar para baixo, fazendo com que abrisse a boca. E começou a descer-lhe garganta abaixo uma colher cheia de pelos recém-depilados. A Morena, ansiosa, aguardava a vez com uma concha de sal. A sensação de sufocamento tornou-se aguda a ponto de acordá-lo, em meio a uma tosse real e desesperada.

– Mais um pesadelo? – perguntou a Morena, ainda sonolenta.

– Sim.

– Ô, amor...

– Com a minha mãe. De novo.

– É a terceira vez na semana.

– Você acha que eu devia ir a um centro espírita para ver se a alma da velha resolveu me perseguir?

– Hmm...

– Pode ser um processo de obsessão, sabia? Outro dia, o barbeiro me contou que sonhava dia e noite com o filho morto. E foi só ir a um desses centros que recebeu uma carta do falecido e passou a ter sossego.

– Então vá, amor. O importante é você se sentir melhor. E eu vou ajudar, viu? Advinha o que vai ter hoje para o almoço?

– O quê?

– Ensopado.

O Homem ficou mais branco do que os lençóis da cama.

Admirando a vista do porto, que se estende do alto do Castelo de Montjuïc, a Morena e a Mulher sentavam-se lado a lado, num dos bancos próximos a um mirante.

– É engraçado. A gente mora aqui e não costuma vir a estes lugares. Eu mesma nunca vim. É a primeira vez que vejo Barcelona por esta perspectiva. Aqui de cima, o mar consegue ser ainda mais bonito do que de lá de baixo.

– De fato é uma paisagem muito bonita.
– E faz um tempo ótimo, que sorte a nossa.
– Um pouco quente demais.
– Mas esta é a graça do verão!
– Bem, eu estou derretendo...
– Mas isso se resolve... Vou ali pegar uma água para nós e já volto.

Ao voltar, porém, a Morena manteve a garrafa entre as mãos. Apertava-a e o sangue fugia das falanges de seus dedos. Suava em silêncio. Olhava o céu. Passava as mãos pelos cabelos.

– Posso me servir de um pouco de água? – perguntou a Mulher.

– Mas é claro, que a cabeça a minha...

– Está tudo bem com você?

O sangue fez o caminho inverso, voltou a circular pela ponta dos dedos da Morena. Uma expiração pesada baixou-lhe os ombros.

– Olha, eu preciso confessar uma coisa... Não aceitei o convite apenas por causa da vista ou da companhia agradável.

– Não?

– Não. Na verdade eu vim aqui porque quero que você ajude o meu marido.

– O seu marido? Não entendi...

– Há algumas semanas, ele tem sonhado com a mãe. Tudo começou porque vendeu uma joia que tinha feito em homenagem a ela para uma turista. Acontece que ele se arrependeu da venda, foi atrás da mulher e ela se negou a devolver a joia. Meu marido acha que a mãe vai puni-lo por causa disso.

– É um relicário?

– Sim... E agora ele só pensa nisso, só fala disso... Mas... como você sabe que é um relicário?

– Eu que comprei. Você me indicou a loja, lembra?

– Mentira...

– Sim, fui eu que comprei.

– Não acredito... Mas isso não é uma coincidência, é um sinal!

– Sinal? Que tipo de sinal?

– Pense comigo. Barcelona recebe milhares de turistas nesta época do ano. E logo você, que é minha amiga, compra a peça? Não é normal...

– Um funcionário da joalheria foi até o meu hotel pedir a joia de volta.

– Eu sei. E você recusou, não é?

— Sim. Ponha-se no meu lugar. Se você entrasse numa loja, escolhesse algo e saísse de lá satisfeita, o que acharia se lhe procurassem depois, pedindo a devolução da compra?

— Acharia curioso.

— Você veio pedir pra eu devolver o relicário?

— Se quiser, acharia até bom, mas não é isso. Meu marido sempre foi muito apegado à mãe, sabe? Quando o conheci, ele nem comprava as próprias roupas. Era ela quem se encarregava de vestir o filho. Além disso, obrigava-o a visitá-la todos os dias à tardinha e fazia para ele a mesma vitamina de couve que preparava quando ele era bebê. Com medo de desagradá-la, ele fazia todos os gostos dela, por mais bizarros que fossem. O fato é que conto tudo isso porque me lembrei do seu trabalho.

— E o que isso tem a ver com a história?

— Você não é psicanalista?

— Sim. E psiquiatra também.

— E o que faz não é ouvir as pessoas para aliviar-lhes os temores?

— Ouço e elas mesmas se aliviam, na verdade.

— E você não poderia tratar do meu marido a ver se ele enterra de vez a mãe?

— Isso não é possível, infelizmente. O trabalho terapêutico necessita de tempo e não pretendo me demorar muito em Barcelona.

— Mas é um caso isolado, por favor! Ainda que sejam poucas as sessões, certamente, ao falar com você, meu marido perceberá o exagero desses medos. Não é só o relicário, compreende? São questões muito antigas, que precisam ser tratadas para que ele venha a ter uma paz de espírito duradoura.

– Certamente.
– Há dias em que não durmo só pensando nisso... Ele tem pesadelos com a mãe quase todos os dias. Tento tranquilizá-lo, mas minhas palavras não o atingem. A única saída para ele é ajuda especializada. É você, entende? E eu confio em você. Seria um grande favor de amiga que me faria.

A Loira raspava as pernas com uma delicadeza desproporcional aos pensamentos. Violentos, rubros, eles tomavam seu corpo inteiro, vibrando em calafrios cada vez que ela olhava para o relógio.

Ela se sentia desperta. Muito diferente de quando o marido a tocava; e ele costumava fazê-lo com a voracidade da fome, sem reparar nos sabores sutis que uma degustação lenta e consciente provoca aos sentidos. Já Soares tinha a calma dos dias brandos. Reparava em cada canto e mostrava tanto prazer em reconhecer o território que ela sentia-se notada.

Nos quinze minutos que faltavam para a chegada do amante, olhou-se no espelho como se buscasse reconhecimento. Passou um batom cor de uva, espalhou creme na parte interna das coxas e foi sentar-se no sofá como quem espera, depois de décadas, o reencontro com uma parte de si.

O humor de Soares, igualmente agitado, turvava-lhe a visão para as questões práticas. Qualquer comentário da menina ou mesmo uma ida do patrão à própria casa e tudo poderia terminar em tragédia. Todavia, as cautelas já não se faziam ouvir, por mais que tentassem levantar as cabeças.

Ele precisava ouvir novamente aquela voz, sentir o cheiro de camomila no cabelo e a colônia de lavanda que ela espalhava pelos poros. Se fosse apenas sexo, seria fácil abrir mão, arrumando uma qualquer que lhe satisfizesse as necessidades. Essas, porém, eram outras e de tal magnitude desconhecidas que o colocavam em contínuo estado de suspensão.

De frente para a porta do quarto de hotel, o Homem atentava para o desatino em que estava prestes a se meter. Fora tamanha a insistência da Morena que uma hora, vencido, resolveu fazer-lhe a vontade e ir até a Mulher. Ficaria uns poucos minutos que fosse, falaria menos tempo ainda e voltaria para casa a sentenciar a grande bobagem que tinha sido a ideia de fazer uma sessão de terapia.

    Salvo se a mulher lhe devolvesse o relicário, é claro. Esse pensamento o deixava menos deprimido ante a hipótese de falar sobre a mãe. Por via das dúvidas, levava um cheque de mil euros no bolso, pensando que a coincidência de a Mulher e a Morena se conhecerem poderia, no fim das contas, vir a calhar.

    Depois de tocar a campainha do apartamento e ser recebido com um sorriso complacente, sentou-se numa cadeira virada para a Mulher e encarou-lhe os olhos grandes. Os dois permaneciam calados. Ele estalava os dedos e coçava a barba, mas nenhum desses gestos fazia desviar o olhar sereno e retilíneo que a Mulher repousava sobre ele há dez minutos.

    – Ah, mas que é que há? Por acaso seu trabalho é ficar me olhando como um peixe morto?

— É dessa forma que me vê?
— Agora que você falou, menos. Mas por que não resolvemos isso logo e sem prejuízo pra ninguém? Tenho aqui mil euros. Você me devolve o relicário e eu, você e a minha esposa damos o problema por resolvido. Que tal?
— Isso seria uma solução sem prejuízo?
— Sim. Tenho mais o que fazer e acredito que você também.
— Ao passo que, se você falasse, haveria prejuízo... Falar sobre a sua mãe pode lhe trazer aborrecimento? Ou más recordações?
— Não vejo porque colocar a mamãe no meio da história. Veja bem, ela está morta...
— Mas se está morta e não o chateia mais, por que precisa do relicário de volta? Desculpe, mas a sua esposa comentou que você fez a joia para homenagear sua mãe. É verdade?
— Sim. Bem, é apenas uma questão de consciência. Não quero que minha mãe, de onde estiver, ache que eu sou um filho ruim. Ou que resolva me punir por eu ter vendido o relicário.
— Na primeira frase que disse, você me chamou de peixe morto. Não me admira uma alegoria tão óbvia à sua mãe, logo na primeira oportunidade.
— Você está chamando a mamãe de peixe morto?
— Não, de jeito nenhum. Nós estávamos em silêncio e você reagiu falando em morte. Quando tudo se cala, é natural que os nossos temores escondidos apareçam, ainda que por meio de palavras tortas como *peixe* e *morto*. *Morto* me parece aludir à palavra *morta*, ou seja, à sua mãe. Faz sentido?
— Tanto faz... Mas por que você não quer devolver o relicário? Nem é assim uma peça tão original... Eu posso,

inclusive, fazer uma igual pra você. Sinceramente, espero que me desculpe, mas eu vim aqui pra comprar o colar, só isso. Tenho tido pesadelos com a mamãe quase todos os dias desde que ele saiu lá da loja.

– Ainda que eu lhe devolva o relicário, isso não garante que você se livrará dos pesadelos.

– Você acha?

– Certamente. É comum as pessoas sonharem com os parentes falecidos, ainda mais quando se trata da mãe ou do pai. O que a maioria ignora é que, em cada sonho, costuma existir uma mensagem escondida. Às vezes, é preciso descobrir qual para que se possa viver em paz.

– É mesmo?

– Sim.

– E não haveria outra solução para o caso?

– Você pode ir a um centro espírita e perguntar à sua mãe o que tanto ela quer lhe comunicar.

– Pensei nisso. Mas tenho medo de falar com ela.

– Eu estava apenas descontraindo... Olha, é possível vencer esse medo. Respire fundo. Vamos fazer um exercício. Finja que sou sua mãe e me diga o que gostaria de dizer a ela. Vai, sou toda ouvidos.

– Mãe, eu não quis ofendê-la quando vendi o relicário.

– Não?

– Juro que não. Pra falar a verdade, eu nem achei que alguém fosse comprá-lo depois de tantos anos exposto... É difícil conviver com algumas lembranças, mãe...

O Homem pôs-se a falar dos dias em que o hospital onde dona Alynka estava internada convertera-se em sua segunda casa. Em como era repugnante ver as paredes assépticas traídas pelo cheiro podre que dominava os quartos dos pacientes terminais.

Na primeira vez em que viu a mãe no hospital, ela desceu da cama numa pressa que só os que sabem que vão morrer podem ter. Magra, com os ossos salientes e os cabelos brancos como chumaços de algodão, nem esperou um oi da parte dele para disparar à queima-roupa: por mais que a gente tenha fé, meu filho, quando chega a hora da morte, todo mundo tem medo. E foi a partir dessa frase que ele abortou a indignidade de lhe dar falsas esperanças.

Não disse que ficaria tudo bem, nem que iria lutar ao lado dela até o fim e que, juntos, superariam a doença corrosiva. Incentivava-a a se estender em assuntos prosaicos e, entendendo o jogo, ela participava como uma personagem que não queria estragar o enredo, atraindo as atenções para o fato de que estava apodrecendo e morrendo. Uma hora, porém, a aparente resignação ferveu por dentro e saiu como um gás venenoso, disposto a intoxicar também o filho.

E ela disse que ia morrer. E que isso nem era o pior e que a grande desgraça, na verdade, era deixar no mundo um filho tão afastado de Deus. Que não valia as couves de todas as vitaminas que ela havia lhe preparado. E quando a psicanalista lhe perguntou por que a mãe fazia dele tão má figura, ele respondeu com mentiras que não valeria a pena mencionar. O que a Mulher não ouviu da boca dele – mas que consumia os pensamentos do Homem, enquanto ele recordava os tempos no hospital – era que a mãe o execrara.

E que havia dito, na voz do desprezo, que ele se deitava com duas mulheres e alimentava dois filhos, nascidos ambos do pecado. E ainda que os netos eram filhos do capeta, um tendo falado antes de todas as crianças da vizinhança – sinal de evidente anormalidade – e outra que costumava roubar comida do prato alheio – em claro desrespeito ao não roubarás, presente no Antigo Testamento.

E não foi tudo. A mãe falou ainda que se sentia feliz em morrer antes de ver aquelas crianças desabrocharem, pois só lhe faltava ver os péssimos hábitos do pai convertidos no comportamento degenerado dos filhos. Mas nada disso a Mulher soube, pois, da história, o homem só contou que a mãe o odiou à beira da morte e a parte que se passa a seguir.

Num dia em que o ódio de dona Alynka pesava o ar do quarto, ela entrou em histeria. Xingou o filho de todos os nomes e, ao ver que ela respirava com dificuldade, ele chegou mais perto da cama e apertou a campainha para chamar a enfermeira. Mas aproximou-se dela como se aproximaria de um animal peçonhento, invadindo o espaço somente o necessário para pedir ajuda.

E, nesse preciso momento, a mãe, ao descobrir o medo do filho, desarmou-se em dor. O olhar amoroso dela, porém, foi mais apavorante do que o espetáculo anterior. E assim que a enfermeira invadiu o quarto com sua usual presteza, o Homem saiu correndo do aposento como a fugir de uma peste.

Correu desabaladamente pela escada de incêndio do edifício, único lugar onde podia chorar sem ser notado. Se ninguém viu, quem pode dizer que um fato realmente aconteceu? Mas agora, dentro do quarto de hotel com a Mulher que ouvia suas confissões pela metade, as lágrimas vinham novamente silenciosas. E ela sabia. Alguém finalmente sabia que ele precisava chorar.

Parte dois

Os planos de Soares foram por água abaixo. Estivera muito perto de matar a Mulher naquele dia em que fora reaver o relicário no hotel. Não fosse pelo esquecimento de um silenciador, a narrativa poderia estar morta agora, com um desfecho que levaria o leitor a encostar o livro na estante e seguir com a vida.

Outros fatores, no entanto, fazem com que a história se alongue. Soares agora é um sujeito apaixonado e acredita sentir na pele a mesma frustração que a Mulher. Vale frisar que uma coisa é pensar a respeito de uma situação – imaginando, no caso que se passa, quão duro deve ser para a cliente amar um homem casado, que não se desfaz das esposas. Outra coisa – esta, sim, bem mais pesarosa – é estar também no papel de amante, sentindo o medo de ser renegado como crê a Mulher ter sido.

E se a alegria junta pessoas espontaneamente – eis a amizade entre a Mulher e a Morena para provar o ponto –, a identificação gerada pela frustração e pela tristeza constrói elos ainda mais fortes. Para Soares, pensar na Mulher passou a ser como pensar em si mesmo. Matá-la ficou ainda mais difícil, pois silenciar uma pessoa – cuja decisão pensava ter se dado por ter sido rejeitada – suscitava nele uma revolta que pendia a favor do lado mais fraco.

Nasceu a vontade de defender a Mulher, de dizer que a rejeição era castigo suficiente e que o Homem não valia a bala que ela tinha encomendado para si. Surgiu também um ânimo combativo, e ele exclamava mentalmente *lute, lute, não desista do que você quer*. Se as coisas corressem mal para a Mulher, fariam jurisprudência para o que o mesmo se passasse com ele.

Acontece que o matador é um personagem complexo. E, sendo assim, uma linha de pensamento única e rígida, que poderia fazê-lo ater-se a determinados comportamentos, tornando-o previsível aos olhos do leitor, certamente estragaria a história. Portanto, ao mesmo tempo em que ele se identifica com a Mulher, a ponto de ter dificuldade em matá-la, é influenciado por um código moral moldado por vinte anos de trabalho.

Ele foi contratado. Recebeu o dinheiro. Vem gastando uma parte, aliás, nas tabernas de Barcelona. E não lhe cabe julgar se os motivos dela são ou não justos. O problema é que ambas as resoluções – a do vou matá-la e a do não vou matá-la – são como dois reis na cabeça de Soares. Um dos reis governa quando o matador está num dia ensolarado e o outro se apodera do cetro nos tempos nublados.

Um dos dias nublados se passa justamente neste capítulo em que Soares aproveita mais um encontro na casa da Loira. Depois de passarem uma hora conferindo a maciez do lençol, buscam conversas que preencham os vinte minutos em que ele ainda marcará presença no lugar.

O matador, deitado de costas, admira o teto e sorri, como se ali houvesse mais do que o branco. A Loira, de pé ao lado da janela, fuma um cigarro de perfil enquanto confere o movimento da rua. Ela nunca sabe o que dizer a ele quando cessam os movimentos de seus corpos. Adora

tudo aquilo, mas as palavras não dão conta de esticar com qualidade a experiência para além do tempo em que ela se dá. Soares vira de lado. Percebe os olhos da Loira fugindo para a rua e arrisca-se por um terreno acidentado. Trai o juízo em favor da insatisfação, que sempre quer nos levar para onde ainda não estamos. E pergunta:
— Você gosta de mim?
— Sim.
— Quanto?
— Mais do que eu deveria gostar.
— Como é deitar-se com o seu marido desde que estamos juntos?
— A gente combinou de não falar dele, lembra?
— Eu preciso saber.
— O combinado não sai caro, Soares.
— Só quero saber isso. Por favor.
— É outra coisa. Ele deita com uma pessoa diferente da que você conhece.
— Mas ambas são você, ainda que evitem encontrar-se. De qual delas você gosta mais?
— Da que sou neste momento.
— E não seria bom que pudesse sê-la por mais tempo?
— Sim. Só que esta não tem filha nem história. E entre o querer e o poder existem léguas de distância.

Soares não quis insistir no assunto. Era preferível parar por ali a continuar e ouvir algo que lhe minasse o entusiasmo. Aquela resposta de fato não era a ideal, mas também estava longe de ser uma recusa categórica. Se entre o querer e o poder existem léguas de distância, ao menos as distâncias subentendem caminhos que lhes diminuam. O importante — e nisso ele insistia, alimentando a esperança — era que ela preferia a si na convivência com ele. E que, sim, seria bom que passassem mais tempo juntos.

O Homem mal podia esperar pela próxima consulta. Ao contrário do que imaginara, sentira-se bem em falar da mãe e, naquela noite, ao dormir, sonhara apenas com mulheres belas e nuas que desfilavam com suas joias, perguntando o que ele achava desta ou daquela.

Consultava o relógio de dez em dez minutos e sentira-se irritado ao perceber que Soares notara sua impaciência. O funcionário era dotado de uma curiosidade que o deixava desconfortável. Estava sempre a espreitá-lo como se o esperasse sair para fazer qualquer coisa. Verdade que vendia bem e que era sempre muito educado com as clientes. E também dedicado e obediente, pois deixava de ganhar a comissão das vendas toda vez que tinha de largar as freguesas para ir buscar mercadorias. Soares era o primeiro funcionário que não reclamava do tempo em que deixava de vender. É, talvez ele não merecesse a implicância.

Perto da hora da consulta, o Homem disse que, a partir daquele dia, nas terças-feiras, a loja seria fechada às onze e reaberta às treze horas. Absteve-se de fornecer mais explicações, pois quanto mais satisfações se dá a um funcionário, mais ele se acha no direito de fazer perguntas e entender o funcionamento das coisas. Simplesmente deu a ordem, ajeitou os botões superiores da camisa e saiu, ainda em tempo de engraxar o sapato de couro velho no meio do caminho.

Sentado na frente da Mulher, desta vez ele exibia um semblante simpático. Um pouco tímido, é verdade, mas aberto e sem a franca irritação da primeira vez.

– Foi bom falar da minha mãe. Não sonhei com ela desde então. É isso? Se eu falar sobre, ela desaparece?

– Isto aqui não é um curso de mágica.

– Desculpe, eu não quis ofender. É que, desde que conversamos, parece que minha mãe parou de me fazer sombra. É como se ela tivesse sumido.

– Certamente ela não sumiu.

– Não? Então de que adianta ficar aqui conversando se ela não vai desaparecer?

– O objetivo não é fazê-la desaparecer da sua memória, e sim trabalhar o que você sente em relação a ela. Você pode muito bem pensar na sua mãe sem que isso lhe afete negativamente a vida.

– Tive um sonho bom numa das noites passadas.

– E como foi esse sonho?

– Sonhei que várias mulheres lindas tinham sobre o corpo apenas as minhas joias e que desfilavam, perguntando-me se as peças lhes caíam bem.

– Alguma delas era conhecida?

– Não. Deveriam ser?

– Você acha que deveriam ser conhecidas?

– Você me confunde. Sei lá, tanto faz. O importante é que eram bonitas. Mas tem problema elas não serem conhecidas? Isso significa alguma coisa?

– Não necessariamente. Apesar de os sonhos terem padrões, eles acontecem como têm de acontecer. Não existem regras.

– Pois deveriam existir. Outro dia, antes da nossa primeira consulta, sonhei que estava amarrado a uma cadeira e que duas mulheres abriam a minha boca, enfiando-me sal e pelos goela abaixo.
– Sal e pelos... Muito interessante... E essas duas mulheres? Você as conhecia?
– Não.
– E qual sensação elas lhe provocaram no sonho?
– Pânico.
– Gozado. Se você não as conhecia, elas não existem, certo? Ao menos, não no mundo real. São como a sua mãe, que também já não existe nesse plano e, ainda assim, lhe causa a sensação de ser atacado. Diga-me uma coisa, como é a relação com a sua esposa?
– Faz um tempo que não temos relações.
– Não, não me refiro a sexo. Falo do relacionamento de vocês.
– Ah, sim. Bem... É normal.
– Você também se sente atacado por ela, de alguma forma?
– Será que não poderíamos falar do sonho das mulheres nuas? Quando eu era jovem, cheguei a me envolver com duas moças bonitas como elas. Gosto de recordar isso. É divertido.
– Desculpe, mas não estamos aqui para entretê-lo. Não fará nada bem para a sua cabeça se começarmos a dar vazão aos seus devaneios. Gostaria que me contasse como é sua relação, quer dizer, como é o seu relacionamento com a sua esposa.
– Veja bem, vocês são amigas...
– Vamos esclarecer uma coisa. Isto aqui, apesar de um quarto de hotel, é um consultório. Você é meu paciente

e, portanto, qualquer coisa que disser será mantida em segredo. Por dever profissional, não posso contar nada à sua esposa. Fique tranquilo e à vontade para falar o que lhe vier à mente. O trabalho só funciona se você for sincero com você mesmo e, consequentemente, comigo.

– Com certeza. E se quer mesmo que eu fale o que me vem à mente, penso no par de brincos que uma ruiva usava no sonho. Tinha esmeraldas do tamanho de uma uva e era uma peça tão linda que eu até me espantava de ela precisar me perguntar se ficava bem nela ou não.

– Interessante que eu perguntei sobre o seu casamento e você insiste na história do sonho com várias mulheres...

– Foi um sonho empolgante.

– E todas elas estão tentando lhe agradar, buscando a sua aprovação.

– E o que isso quer dizer?

– Diga-me você. Mas, se ajuda, digo-lhe que, às vezes, as pessoas que aparecem nos sonhos são apenas variações de quem sonha. Isso é comum.

– Acha que eu gostaria de ser uma mulher?

– Não.

– Você está me chamando de veado?

– Homossexual.

– É sério? Você acha que eu sou veado?

– De forma alguma. Foi apenas uma correção do termo. Estou apenas imaginando se você não quer o mesmo que elas querem.

– Transar?

– Não. Aprovação.

– Como assim?

– Aprovação. No caso, aprovação da sua mãe e da sua esposa.

– Eu até tento, mas é difícil...
– Imagino... Olha, a nossa sessão acabou e gostaria que fizesse um exercício para a próxima. Pense nas mulheres com as quais você se relaciona, real ou simbolicamente. Pense na sua mãe, na sua esposa, enfim, em quem quiser. Arranje pedras. Elas serão a representação dessas mulheres. E carregue-as no bolso, todo dia, durante a semana inteira. Na terça, falaremos mais sobre isso.

A Morena não tirava da cabeça as palavras da Mulher, que estranhara o fato de seu marido passar três noites por semana fora de casa. Faltava-lhe força para colocá-lo contra a parede e pedir explicações. Ela, ele e o filho eram uma família, e que família existe se não se ignora certas coisas? Sua avó sempre dizia que quanto menos as pessoas se conhecem, maior a chance de se darem bem. E que são os buracos negros de cada um – e não a ideia romântica de um conhecimento integral – que sustentam a convivência.

Ela gostaria que o marido fosse menos reservado. Não que ele não fosse amoroso, pois o era a seu modo. O amor, porém, existia debaixo de múltiplas camadas. Vislumbrá-lo abertamente, puro, seria como querer ver a farinha quando ela já vinha transformada em bolo. E, se nas receitas, cada copo de farinha costumava pedir duas colheres de açúcar, na vida, cada dose de amor costumava acompanhar quatro quilos de reserva.

Não sobrava muita margem para manobra, pois a participação da Morena no relacionamento era confinada a espaços e a tempos próprios. Desde o começo, o Homem havia dito que não gostava de intromissão em seu trabalho. E isso incluía não visitá-lo na loja e não emitir opiniões sobre sua rotina profissional. Definido o que não podiam partilhar, sobravam apenas os assuntos concernentes ao dia a dia da casa e à educação do menino.

Nem das histórias que a Mulher contava podia falar. No último encontro das duas, a amiga lhe pedira que evitasse falar com o marido sobre as conversas dos encontros; se ele soubesse da vida íntima de sua psicanalista, isso poderia arruinar o relacionamento profissional entre ambos. Ao que a Morena, claro, aquiesceu em nome do bem maior. E, principalmente, na esperança de que tratando do relacionamento com a mãe – a primeira mulher com quem um homem se relaciona – ele pudesse se expressar de forma mais livre e espontânea com ela. Era o que a amiga tinha dito. Era no que ela queria acreditar.

Muitos fatos lhe faziam pensar que isso era possível. Percebia até certo grau de mudança no marido. Depois da segunda sessão de análise, ele tinha voltado para casa com um vaso de azaleias. Foi até a área, limpou-o por fora e, cuidadosamente, separou três pedras (daquelas que servem de escoamento à água), ajeitando a terra de onde lhes havia tirado.

Quando ela perguntou por que removia os pedriscos, ele disse que limava apenas o excesso, pois se escoamento de menos faz mal à planta, certamente escoamento demais faria mal semelhante. Com passos resolutos em direção à sala, o Homem colocou o vaso no centro da mesa e depois seguiu para o quarto.

Verdade que ele não tinha lhe oferecido as flores diretamente, mas a culpa disso, sem dúvida, era do seu caráter reservado. E o que são as palavras, afinal, comparadas aos atos? As primeiras podem ser vazias, ditas apenas da boca para fora, mas as ações, não, estas falam por si e encerram verdades incorrigíveis. Dizer *Trouxe flores para ti* não fazia parte do léxico emocional daquele homem, ela pensava. Mas, a seu modo, ele não levara flores para ela?

Isso excedia os limites de gentileza estabelecidos naquela casa. Se essas fronteiras estavam sendo repensadas, refletia, era um excelente sintoma de que a personalidade aparentemente impenetrável do Homem estava sujeita a brechas. Esses pensamentos a animavam. Talvez ela tivesse, em breve, a oportunidade de pôr na mesa assuntos há muito evitados.

O dia amanheceu ensolarado e tudo caminhava melhor do que Soares previra. Tinha acabado de voltar da casa da Loira, a quem fora visitar na *siesta*, levando nas mãos um bilhete de loteria e um colar de pérolas. Diante dos presentes, ela se desmanchara toda, chamando-o de *meu gentil amante* a cada frase pronunciada.

No início, isso o incomodara, pois à palavra amante cabia o peso da sombra e da falta de primazia ante outro homem. Mas tal palavra era dita de forma tão adorável que ele seria besta em restringir o verbete a um único significado. Pois amante é, antes de tudo, aquele que ama. E, nesse sentido, nada melhor que ela relacionasse a palavra a ele e gostasse de pronunciá-la.

Havia ainda outro motivo para a alegria do matador. Na terça anterior, ele notara a inquietação do patrão, seguida pela afirmativa de que, a partir daquele dia, nas terças-feiras, a loja seria fechada às onze e reaberta às treze. Ao que o Homem saiu da ourivesaria, Soares trancou o estabelecimento às pressas e se pôs a segui-lo.

Mantinha uma distância segura e seu caminhar cadenciado denunciava os anos de experiência em seguir sem ser notado. Logo começou a contar quantos passos o patrão conseguia fazer em um minuto para então, com perícia, parar numa banca de jornal, sem, por isso, perder o outro de vista.

Trinta passadas depois, o instinto de comprar um periódico mostrava-se acertado. O patrão havia parado em frente a um engraxate, sentado na cadeira e se virado na direção de Soares. Foi o tempo preciso para o matador encostar-se à parede de um café e abrir as folhas diante da cara.

Ao ver que o Homem se aproximava do hotel onde a Mulher estava hospedada, começaram a se formar na cabeça de Soares pensamentos alentadores. Sua pulsação, frenética, retinia nos ouvidos e, entrando na recepção, um pouco atrás do Homem, chamou de canto um garoto de sete anos que fazia do tapete azul do saguão um mar por onde deslizava um navio de brinquedo.

Vá até o balcão e ouça o que esse homem de camisa azul diz à recepcionista. Te dou cinco euros. O menino olhou atenciosamente ao redor enquanto caminhava. Fez cara de mau e compenetrado, aproximou-se do ourives e esticou as orelhas que mal chegavam à altura da bancada. Assim que o Homem tomou o rumo de um dos elevadores, a criança largou a pose de James Bond e saltitou na direção de Soares para contar-lhe a qual apartamento o homem iria e quem visitaria.

Feliz, como há tempos não se sentia, o matador mostrava os dentes pelas ruas. Que notícia maravilhosa. Se a mulher voltava a se encontrar com o patrão, significava que o caso dos dois continuava e isso, sim, poderia vir a lhe calhar.

Pois, crendo-se um exímio entendedor da alma humana, achava que a cliente – dramática a ponto de querer morrer por amor – jamais aceitaria dividir com mais duas a ração de afeto que lhe convinha. Se ela concordava em vê-lo todas as terças-feiras, isso teria se dado, muito provavelmente, porque ainda tinha esperanças de conquistá-lo de vez.

Lute, lute pelo que você quer, repetia num diálogo imaginário com a mulher. Se ela obtivesse êxito, também ele, Soares, poderia ser feliz. Já se imaginava consolando a Loira, tendo-a nos braços a bradar a falta de decoro do marido e a pedir-lhe desculpas pela trave que tinha nos olhos em não ver quanto ele era melhor, mais bonito e mais viril que o cônjuge.

Ao que ele responderia que sim, que era melhor, mais bonito e mais viril e que se ela não havia tido coragem de empreender os rumos da própria felicidade, eis que a vida fazia a escolha por ela, mostrando que o marido não merecia o título que tinha.

Há dois meses em Barcelona, a Mulher se perguntava por que caralho o matador ainda não tinha feito o serviço. De fato, deveria ter estabelecido um prazo menor, pois se era fácil manter-se convicta da decisão de morrer, difícil era tolerar a ansiedade em que se encontrava. Saía do hotel todos os dias, ainda que não tivesse vontade, só para dar oportunidade a Soares de cumprir o combinado. Conhecia de cor todas as vielas escuras do bairro gótico e até decorara as ruas mais propícias ao assassinato, de tanto que entrava e saía delas.

Mas nada acontecia. E nem mesmo as obras de Gaudí e os músicos de rua entretendo as esquinas davam conta de amenizar seu ânimo desolado. Mário, o garçom do La Flor del Camino, já lhe chamava pelo nome e trazia alguns pratos sem que houvesse necessidade de requisitá-los. O tempo se responsabilizava por ceder-lhe lugar na cidade, ainda que ela tivesse saído de seu país para evitar o pertencer que os lugares e as pessoas impõem às outras devido ao hábito.

Quando a ansiedade batia forte, ocupava-se em rever as anotações que fazia nas sessões psicanalíticas com o Homem. Aquele era um trabalho diferente de tudo o que fizera. Se antes seguia linhas rígidas, sacramentadas com o nascimento da psicanálise e dilapidadas em muitos anos de pesquisa, agora, pois, propunha-se a abrir espaço para análises mais intuitivas dos fatos. Isso não significava, porém, que se arrependia do percurso traçado anteriormente como psicanalista.

Tinha estudado com afinco e se pós-graduado com uma tese que versava sobre as neuroses obsessivo-compulsivas. Estudara os precursores Freud e Jung com paixão, ficando até mesmo emocionada com a mudança pela qual passara o tratamento dos doentes, que deixaram de ser submetidos a choques para ser curados com o poder de suas próprias palavras.

Mas na época dessas crenças, cabe ressaltar que ela era então outra pessoa, cujo brilhantismo acreditava suficiente para exorcizar o sofrimento dos pacientes desajustados. Anos depois, ao perceber que os padrões de comportamento de quem tratava eram mais fortes que a sua obstinação e o seu talento, passou a acreditar mais nos tratamentos de choque do que na psicanálise.

Deu para imaginar-se, no meio de sessões com os pacientes, como chefe na sessão de eletrochoque de um hospital da primeira década do século XX. Devaneava, aproveitando-se do fato de que aos psicanalistas é dado mais ouvir do que falar, o que levava automaticamente o cérebro a paragens tão longínquas que a metafísica ali se provava: o corpo na cadeira e a alma em outro lugar. Ainda assim, por mais que divagasse, os clientes tornavam-se cada vez mais satisfeitos, indicando-a para amigos com carteiras e problemas semelhantes.

Certa vez, tivera de usar toda a sua inteligência quando, relaxando, lhe escapara um ronco leve, notado, entretanto, pelo jovem deitado de costas para ela no divã. Apesar de o rapaz ter ignorado educadamente o fato, como se fosse a flatulência de uma mulher bonita no elevador, ela o incentivara a imitar o ruído. Explicara que os sons guturais eram das ferramentas mais modernas para o ser humano atingir o inconsciente e libertar-se dos pudores censores da linguagem.

E, apesar de não ter cochilado sequer uma vez ao ouvir o ourives, decerto não seria de todo má a ideia de fazê-lo experimentar uns grunhidos e ver o que se passava. Tinha firmado no caderno essa possibilidade quando a campainha tocou e anunciou o paciente.

– Pois bem. Como foi a semana?

– Não tão boa quanto a anterior. Sonhei com minha mãe novamente.

– Pode me contar?

– Eu estava correndo num descampado, com o relicário. Mamãe corria atrás de mim, com o chinelo na mão, e, quando eu ia me virar, eis que Deus anunciou gritando que, se eu olhasse para trás, viraria uma estátua de sal.

– Sal? Muito interessante. Lembra que você sonhou com uma mulher lhe enfiando sal pela boca?

– Sim, como se fosse ontem.

– Continue...

– Eu tropecei numas pedras e minha mãe me alcançou. Tomou o relicário da minha mão e depois disse que estava na hora da minha vitamina de couve.

– Vitamina de couve?

– Sim. Ela costumava me fazer vitamina de couve todos os dias, desde a infância. Nós mantivemos esse ritual até ela morrer, há dois anos.

– E você gostava da vitamina?

– Era horrível, mas eu tinha de engolir sem reclamar.
– Da mesma forma que engolia o sal no outro sonho?
– No caso do sal, eu tentei reclamar.
– Ok. Deixa eu voltar... Você já era adulto e, mesmo assim, continuava tomando a vitamina de couve.
– Sim. Era horrível.
– E por que não disse à sua mãe que, devido à idade, não era mais apropriado tomá-la?
– Porque a saúde da mamãe já não era boa e eu não queria contrariá-la.
– Um filho zeloso.
– Não é? Outro dia, a minha esposa me caluniou, dizendo que eu nunca fui um bom filho porque economizava nos presentes à mamãe. Ela não é razoável como você.
– Quem? A sua mãe?
– Não. A minha esposa. Mas, por favor, não conte a ela que eu lhe disse isso.
– Já falei: o que aqui se fala, aqui se cala.
– Fico agradecido.
– Mas voltemos ao sonho. Você disse que corria e, de repente, tropeçou numas pedras. Acaso fez o exercício que pedi?
– Sim, fiz.
– E como foi?
– Chato. Na quinta passada, acabei vestindo uma calça um pouco justa e foi difícil colocar as três pedras nos bolsos.
– Três?
– Não, não. Foram duas.
– Isso, em psicanálise, chama-se ato falho.
– O quê?
– Ato falho. É quando você diz uma palavra que não pretendia, a mando do seu inconsciente.

– Não entendi.
– Deixa pra lá, não é importante. Fale mais sobre as três pedras. Como você se sentiu ao carregá-las?
– Desconfortável.
– Está vendo? Eu disse três e você não me corrigiu.
– Eu só não prestei atenção.
– Prestou sim. E só não corrigiu porque esse número tem significado na sua vida. Quem são as três mulheres?
– Eu não fiz nada de errado.
– Eu perguntei se você fez alguma coisa de errado?
– Não.
– Então por que você está se justificando?
– Olha, acho melhor voltarmos ao assunto do sonho. Não estou entendendo aonde você quer chegar.
– Aonde *você* quer chegar?
– Eu não quero chegar a lugar nenhum. Mas que conversa de doido!
– Os indícios são muito claros. Quando perguntei sobre seu casamento na última sessão, você me interrompeu para falar de um sonho que teve com várias mulheres. No outro pesadelo, duas mulheres lhe enfiavam sal e pelos pela goela. E agora, ao fazer o exercício, você usa três pedras. Presumo que uma seja para a sua esposa e a outra para a sua mãe. Gostaria que me falasse sobre a terceira.
– Não fui eu.
– Não foi você o quê?
– Tem certeza de que você não vai contar à minha esposa o que eu falo aqui dentro?
– Sim.
– Jura pela sua mãe?
– Sim.

— Ela está viva?
— Está.
— Olha, eu vivo com outra mulher, além da que você conhece.
— Você tem uma amante?
— Não é bem uma amante porque eu divido meu tempo igualmente entre elas.
— E ela é a terceira pedra, certo?
— Sim. Mas, falando assim, parece pior do que é. Eu não queria enganá-las, sabe? Mas as coisas foram acontecendo, não deu para escolher... Você me entende?
— Não estou aqui para julgar.
— Está vendo? É por isso que eu não queria contar. Agora você me acha um mau-caráter.
— Você está colocando na minha boca palavras que eu não falei. Acho que vale refletirmos se *você* mesmo, no fundo, não se acha um mau-caráter.
— A minha mãe achava. Sabe o sonho do sal e dos pelos? Eu as conhecia sim, menti para você. Eram as minhas esposas. Mamãe me jogava contra elas e, então, elas se vingavam enfiando-me coisas à boca.
— Agora as coisas começam a fazer sentido. Mas, na vida real, sua mãe sabia que você vivia com as duas?
— Sim. Queria que ela conhecesse a neta, então tive de contar.
— Então você tem mais uma filha...
— Sim.
— E como sua mãe lidou com essa notícia?
— Ela sempre foi muito religiosa, então armou um escândalo. Ameaçou contar às duas e eu disse que ela não veria os netos nunca mais se fosse em frente com a ideia.
— Você chantageou a sua mãe?

— O que você esperava que eu fizesse? Que deixasse ela contar e corresse o risco de não ver mais os meus filhos?

— E como ficou a relação de vocês depois disso?

— Bem, nunca mais foi a mesma.

— Lembra que lhe falei que todo sonho tem algum tipo de mensagem cifrada?

— Sim.

— E que, principalmente no caso dos sonhos com a sua mãe, seria importante descobrir o que eles querem lhe dizer?

— Sim.

— Desde então, você vem sonhando ou com muitas mulheres ou com a sua mãe rogando-lhe praga ou com tudo isso misturado.

— É verdade.

— E?

— E o quê?

— Isso não te leva a algum pensamento, a alguma conclusão?

— Que todas elas querem me enlouquecer?

— Não. Pense comigo. Sua mãe lhe roga pragas. As mulheres estão sempre nos seus sonhos. Haveria a possibilidade de a perseguição da sua mãe ser uma expressão da culpa que você sente pelo fato de viver com duas mulheres?

— Não. A minha mãe me persegue porque eu vendi o relicário. Não?

— A sua mãe está morta.

— Sim. E me persegue do além.

— Seria bom se você procurasse ver as coisas de uma forma mais abstrata. O fato de você se sentir perseguido pela sua mãe nos sonhos não significa que ela literalmente o esteja perseguindo do lado de lá.

— Mas, sendo assim, qual o sentido disto aqui? Por que eu estou falando da mamãe se ela não está me perseguindo?

— Por que você e a sua mãe são um só.

— Ela sempre dizia isso quando eu era pequeno...

— Não é isso que eu quis dizer. Nos sonhos, a imagem da mãe pode ser a representação de uma voz interna sua, dizendo-lhe o certo a fazer. Em psicanálise, nós chamamos isso de superego.

— Não entendi.

— Imagine o superego como uma parte da mente que possui um conjunto de regras necessárias para se viver bem em sociedade. Um exemplo: você quer dormir todos os dias com mulheres diferentes, mas o seu superego impõe a regra da monogamia. É uma parte castradora da mente, compreende?

— Castrador não é aquilo que corta o pau? O que você quer dizer?

— Talvez pensar de uma forma abstrata seja um pouco demais pra você.

— Não, pode me dizer. Eu aguento. Você acha que a minha mãe voltou do além pra cortar meu pau? Ou que as minhas esposas querem cortar meu pau?

— Você está preocupado com o seu pênis agora...

— Sim, é claro que eu estou preocupado com o meu pau! Essa é a mensagem que a mamãe quer me passar?

— Não exatamente. Olha, nossa sessão acabou. Conversamos na próxima terça. Ah, e continue carregando as três pedras, por favor. O dia todo.

A Morena tinha se enfeitado como em dia de festa para receber a Mulher. Entusiasmada, abria a massa em cima do balcão da cozinha, polvilhando farinha para que não grudasse no tampo de mármore falso. Recortes vazados de latão transformavam bolotas fofas da mistura em biscoitos em forma de estrela e coração. Um rádio de pilha vermelho, esquecido num canto da janela, tocava uma canção estrangeira, alegrando o ambiente.

O menino tinha um olho na mãe e outro na calda de mel e canela que desprendia um perfume vaporoso pela casa. Vestido com uma bermuda e camisa nas cores azul, branco e vermelho – como um minimarinheiro –, ele movia-se com pequenos passos comedidos, pois a mãe dissera que era preciso estar apresentável para a visita e isso incluía não correr pela casa.

Era a primeira vez que ele estava acordado durante uma visita da amiga, e a Morena, ansiosa para mostrá-lo, checava, a todo instante, o estado das roupas do menino. Quando a campainha tocou, mandou que ele sentasse no sofá com as pernas juntinhas e não esquecesse de sorrir. Assim que a porta abriu, porém, os pezinhos deram um salto no ar e correram em direção ao par de pernas adultas do outro lado da porta. Com os bracinhos em volta das coxas da Mulher, o menino olhou para cima, mostrou uma fileira de dentes brancos e disse "oi, tia".

Foi como se a alma dela, contraída até então, se desenrolasse num movimento qual uma fileira de dominó, cuja queda de uma peça sedimenta a trajetória de todas as outras. Os braços finos do garoto envolveram a ternura que sobrara naquele espírito; sem pensar, ela esticou os braços, colheu a criança e a apertou, agradecendo.

A Morena, que já ia repreender o menino, freou as palavras, comovida com a demonstração de afeto da amiga. "Ele é lindo", embasbacava-se a Mulher com o pequeno no colo. A outra não achava lugar em si para tanta satisfação.

– Por que você não teve filhos?

– Faltou-me coragem.

– Mas não é preciso coragem para ter filhos.

– Claro que é. Seu filho dependerá de você por, no mínimo, vinte anos. Nesse período, você será responsável por ele. É muita coragem se comprometer com uma tarefa tão difícil. E longa.

– É menos difícil do que parece. O amor é tão grande que passa a ser natural cuidar da pessoa. Mais importante do que cuidar de si.

– Sim. Talvez esse tenha sido um dos problemas. Tive medo de criar alguém que me afastasse de mim.

– Mas é o contrário. Uma mulher só se encontra quando é mãe.

– Há controvérsias. O que eu penso é que se deixa de viver muita coisa ao colocar uma criança como prioridade.

– Isso é verdade. Mas, quando olho para ele, não consigo me arrepender de nada.

– É que, olhando para ele, você também vê, de certa forma, a continuação da sua vida. E a verdade é que eu nunca fui muito feliz.

– Você? Imagina! Com tantas viagens, tantas histórias maravilhosas!

– Eu fui feliz, não é isso que eu quis dizer. Mas, mesmo nos momentos mais felizes, sempre me senti profundamente só. Como se eu não pertencesse a nada que me cercava. É uma sensação de vácuo, difícil de explicar.

– Tenho certeza de que um filho mudaria essa sensação. Antes de tê-lo, eu vivia pensando em mim, no que eu devia fazer e no que eu devia ser. Era eu, eu, eu o tempo inteiro. Mas, na primeira vez em que olhei os olhos dele, na primeira noite em que fiquei com medo de ele morrer, aquele eu absoluto perdeu o sentido. Eu aprendi a amar.

– Talvez eu tenha me acostumado demais às minhas próprias questões. E elas tenham ficado tão grandes e importantes que não quis diminuí-las em nome de um filho.

– Mas você ainda pode engravidar. Hoje em dia, mesmo aos quarenta, é possível. Por que não busca um tratamento?

– Porque eu precisaria de um tratamento no espírito, amiga. São anos e anos de egocentrismo.

– Tenho certeza de que você daria uma ótima mãe.

– Eu também tenho. Mas se eu tivesse sido uma boa mãe, vai saber se eu teria vivido todas aquelas histórias que contei...

– Eu tenho pensando em engravidar de novo.

– Sério?

– Sim. Ele cresceu depressa. Tenho saudade de quando era um bebê.

— Mas é tanta responsabilidade criar um filho! E tão caro... Você tem certeza?

— Por quê? Você acha que meu marido não está preparado para ser pai de novo?

— Não é isso.

— Se for, pode me dizer.

— Eu não posso dar opiniões sobre ele, seria antiético.

— Ele disse alguma coisa nas sessões?

— Não posso dizer que disse nem que não disse. Não é bom misturarmos as coisas.

— Tudo bem. O importante é que ele tem melhorado. Outro dia até me trouxe flores.

— Ah, é?

— Sim. Ele só me deu flores uma vez, no início do namoro.

— É por isso que você anda tão feliz nesses últimos dias?

— Sim. Quem sabe ele não volta a ser o homem de antigamente...

— Ué, eu tinha a impressão de que você estava feliz com seu casamento.

— Sim, estou. Mas um pouco mais de romantismo não faz mal a ninguém...

Enquanto o Homem selecionava, no balcão, novas joias que exibiria às turistas, Soares limpava as vitrines que as receberiam. A toalha úmida pressionada contra os vidros desprendia um forte cheiro de pinho que invadia toda a loja. O Homem, alérgico a algum componente da fórmula, espirrava de tempos em tempos, virando o rosto para não macular as peças.

Era uma vitrine modesta, com dois metros e meio de largura. Soares não cabia ali, não tanto por suas dimensões físicas, mas pela falta de familiaridade com que movia o pano para cima e para baixo, ofendendo as vidraças.

De vez em quando, o Homem levantava o olhar para conferir o funcionário e exasperava-se ao vê-lo mover a sujeira de cima para baixo e de baixo para cima, espalhando-a sem, no entanto, removê-la.

Aguardou dez minutos na esperança de que o empregado mudasse de tática, mas, ao perceber que a espera era vã, colocou as joias de volta nos estojos de madeira e espremeu-se junto a ele no espaço que fazia a fronteira entre a loja e a rua.

Com um pano nas mãos, pediu que Soares o observasse enquanto ele deslizava os dedos de cima para baixo, sem passar duas vezes o pano pelo mesmo local. A cada movimento, molhava o tecido no balde, torcia-o e voltava à tarefa. Parava para espirrar vez ou outra.

Conforme o Homem se movia, Soares dava um passo para a direita, ficando cada vez mais confinado ao espaço que o outro não ocupava. Subitamente, sentiu falta de ar e quase caiu em cima do ourives ao escorregar no piso tomado pela espuma que escorria do pano. Ao olhar a cara de Soares, branca, o Homem deu uma gargalhada e mandou que ele se retirasse.

Soares postara-se no balcão, em frente aos estojos de madeira. Destituído de seu trabalho, esperava o Homem acabar o serviço para que pudesse ajudá-lo de outra forma, já que haviam fechado a ourivesaria apenas para trocar as peças das vitrines. Via-o esticar-se para alcançar os cantos altos dos vidros e compactar-se, dobrando os joelhos, para limpar os baixos. Notava as pernas flexíveis, a agilidade e os movimentos harmônicos que fazia o Homem. Não pôde deixar de admitir que ele também estava em boa forma física, mantendo uma respiração gradual e compassada, que se fazia ver nas costas que arfavam suavemente.

Quando a observação transformou-se em tédio, pôs-se a abrir os estojos de madeira e a examinar a delicadeza dos colares e anéis que haveriam de encher os olhos das clientes. Os colares possuíam fechos minúsculos, e Soares perguntou-se como as mãos brutas do patrão podiam penetrar em elos tão frágeis. Como aquelas peças mimosas podiam ganhar vida naquelas mãos tão sujas.

Olhando fixamente um anel de ouro, que reluzia o brilho dourado em suas mãos, assustou-se quando o Homem lhe perguntou o que fazia. Disse que escolhia um modelo para colocar na vitrine.

– Mas os anéis são meus. Quem decide se eles vão para a vitrine sou eu – respondeu o Homem.

Em frente à igreja Sagrada Família, num banco da praça homônima, a Mulher pensava na conversa que tivera com a Morena sobre filhos. Muito não fora dito, pois preferiu calar o que a outra não poderia entender. Até acreditava no amor incondicional que se tem pela prole, mas sentia que tal sentimento nem sempre contava com raízes altruístas.

Há mães que enxergam nos filhos a segunda chance da vida para realizar o que não foram capazes. A Mulher tivera muitas realizações, mas seu quinhão de desejos frustrados seria suficiente para passar um rolo compressor nas vontades que a criança viesse a acalentar quando adulta.

Apesar disso, ao lembrar-se do menino agarrado às suas pernas, sentia falta da criança que não tinha parido e do amor que não havia dado a ela, nem dela recebido. Para ser mãe, faltara-lhe o otimismo. Desconfiada desde sempre de tudo e de todos, não conseguira acreditar que o mundo pudesse ser bom. Algo sempre precisaria estar errado.

Era o pensamento oposto ao da Morena, que levava a vida na maciota, buscando interpretações positivas para os dias que tinham mais cinza do que rosa. A Mulher sentia pena. Como haveria de terminar bem um relacionamento baseado na mentira? Sem saber que o marido a traía, a Morena pensava em engravidar novamente, prevendo um final feliz que só existia na cabeça dela.

    A tarde caía. O rosto das esculturas da Sagrada Família adquiriam o brilho esmaecido do sol que se despedia. Quanto mais ele baixava, mais infelizes elas pareciam.

Soares caminhava a passos tão lentos que o espírito ia à frente do corpo, impaciente. Durante a noite anterior, passada em claro, medira as palavras que diria à Loira, como se a linguagem, ao ser manipulada corretamente, tivesse o poder de definir positivamente o rumo dos acontecimentos.

Ele pensava em todas as mulheres de sua vida. No fim repetitivo dos relacionamentos. Desta vez, porém, ansiava por outro desfecho e a hora que ele e a Loira passaram juntos foi diferente. Assim que ela o arrastou para o quarto, levando as mãos ávidas a desabotoarem a camisa dele, Soares brecou-lhe o gesto no ar, olhando-a nos olhos ao tempo em que falava "precisamos conversar".

Sentaram-se na cama, lado a lado, desconfortáveis na imobilidade de seus corpos. Soares virou-se de frente para ela, com as pernas cruzadas, respirou lentamente para se acalmar e disse:

— Nunca fui tão feliz em minha vida. Mas também nunca fui tão infeliz.

— E o que isso significa?

— Esse tempo que passamos juntos é incrível, mas só ter você escondido, com hora marcada, me deixa muito triste. Eu queria andar de mãos dadas na rua, fazer planos, viajar...

– Você sabia onde estava se metendo desde o começo.

– Eu sei. Não estou lhe cobrando nada. Mas você não sente a mesma coisa? Não gostaria de ficar comigo sem receio de que alguém nos descobrisse?

– As coisas não são tão simples. Eu tenho uma filha que precisa de sustento. Não posso comprometer o futuro dela em nome do que sinto por você.

– Eu não estou pedindo isso. Quando penso em ficar com você, ela também faz parte do plano. Poderíamos criá-la. Como uma família.

– Criá-la? Acaso você tem filhos?

– Não.

– É por isso que fala essa besteira. Crianças são caras. Elas não vivem só de amor.

– Eu sei. Estou disposto a arcar com tudo o que ela precisar.

– Como? Você é um vendedor! Eu sei quanto o meu marido lhe paga. Além do quê, se ficássemos juntos, imagino que você perderia o emprego, certo? Não é uma visão animadora de futuro...

– Eu tenho bastante dinheiro.

– Ah, não me venha com essa...

– É verdade.

– Olha, eu já fui enganada uma vez e não pretendo passar por isso de novo. Meu marido, quando me conheceu, dava a entender que era rico. O resultado é isto que você está vendo aqui: uma casa cheia de móveis velhos.

– Eu compraria todos os móveis que você quisesse.

– Ah, é? Com que dinheiro? Pretende assaltar bancos?

– Não sou apenas um vendedor...

– E o que você faz nas horas vagas? É traficante?

– Mato pessoas.

– O quê?

– Não faça essa cara, você sabe que eu sou um homem de bem. Eu só mato gente ruim. Sou contratado para eliminar bandidos, políticos, enfim, pessoas que só tornam o mundo pior do que ele já é.

– Você só pode estar brincando...

– Não estou. Eu nunca contei isso a nenhuma mulher com quem me relacionei. Mas, desta vez, vai ser diferente. Não quero esconder nada de você.

– Você é um mentiroso, isso sim. Se tivesse tanto dinheiro, por que trabalharia para o meu marido?

– Eu precisava de um emprego de fachada.

– Por quê?

– Porque eu vim aqui a serviço.

– Misericórdia... Digamos que seja verdade... Por que você acha que eu trocaria o meu marido, que é um homem bom, por um matador?

– Por que eu te amo. E daria a você e à sua filha a vida que sempre mereceram ter.

– Acho melhor darmos um tempo.

– Não, pelo amor de Deus. Você não entendeu *nada* do que eu disse?

– Pelo amor de Deus? Você acaba de dizer que é um matador!

– Sim, mas eu só mato quem merece morrer. Isso não faz nenhuma diferença?

– Eu sempre tive faro para o que não presta...

– Eu não vou te pressionar. Quero que pense em tudo o que eu disse. Pode ter certeza, você seria bem mais feliz comigo. A gente podia fugir daqui e morar onde você quisesse.

– Onde eu quisesse?

– Em qualquer lugar do mundo.

Barcelona parecia contar com o dobro da população na terça-feira de feriado. Atraídos pelo sol, homens, mulheres e crianças passeavam pelas ruas, margeavam o porto e comiam em pequenos restaurantes catalães, pertencentes à vida oculta da cidade, com outros tempos e outros hábitos.

O Homem era um deles, sentado numa taverna pequena e escura, a degustar nacos de salmão defumado. Era o seu café da manhã; saíra de casa disposto a fazer do desjejum daquele dia um momento seu, durante o qual se livraria dos olhares enviesados que a Morena lhe jogava ultimamente.

Existia uma alegria velada nos lábios dela e, a todo momento, ele percebia as tentativas de agradá-lo como preâmbulo de algum pedido ou conversa. Em vez de ficar satisfeito com a graça e a solicitude dela, sentia-se acuado até mesmo pelas palavras doces, antevendo que, quanto maior a doçura, mais difícil seria dizer não a ela.

A Morena era daquelas mulheres capciosas, que usavam o rebolado e o sorriso para conquistar os sins. Diferente da Loira que, dada a gritos e lamentações, tomava para si o não, lamentando-se previamente antes mesmo de pedir o que queria. As duas eram feitas de materiais tão diversos que, para conviver com ambas, era preciso mudar uma chave no cérebro, armando-se e desarmando-se conforme o arsenal bélico de cada.

Com a cabeça no olhar meigo da Morena e nas palavras mordazes da Loira, o Homem olhava sem enxergar para um par de coxas grossas à sua frente. Vendo as pernas se aproximarem, saiu do transe em que estava e mirou surpreso ela, que, longe do quarto do hotel e fora das roupas sisudas que utilizava nas sessões, parecia até mesmo uma mulher interessante.

– Que coincidência... Você costuma vir aqui?

– É a primeira vez. A recepcionista do hotel indicou e eu resolvi experimentar.

– Que ótimo. É capaz de gostar, a comida é muito boa.

– Espero que sim. Nossa sessão é daqui a pouco, você vai?

– Claro que vou. Não quer se sentar? Faço questão de lhe pagar um café.

– Não seria adequado. Prefiro tratar com você apenas no consultório. Regras da profissão, espero que entenda.

– Entendo. É que eu vim para cá escapar da minha esposa, ou melhor, da sua amiga... Seria bom conversar um pouco sobre isso.

– Bom, conversaremos daqui a pouco.

– Por favor, não seja tão rígida. Há anos que eu não tomo café da manhã sozinho. Faça-me companhia. Posso pagar a sessão em dobro, se quiser.

– Você acha que é por dinheiro que não me sento com você?

– Não foi isso que eu quis dizer.

– Pensa que eu vejo os meus pacientes como um maço de notas?

— De jeito nenhum.

— Pois eu vou me sentar. Pronto. E você não precisa me pagar mais por isso. Eu me importo é com a sua saúde mental, não com o seu dinheiro.

— Eu sei disso, fique tranquila. Por favor, experimente um pouco do café desse bule. É dos melhores da região, depois do café do Virgilio.

— Obrigada. Pois bem, você disse que fugiu da sua esposa hoje de manhã. Por quê?

— Ela tem andado estranha. Na semana passada, fez ensopado na segunda e na quarta. Sabe quando costuma ter ensopado lá em casa? Uma vez por mês. Deu também para perguntar o que eu quero no café da manhã e tem engomado minhas camisas de um jeito que só a mamãe tinha paciência para engomar.

— E isso não seria motivo para você se alegrar?

— Não. Não é tão simples. Ela está querendo alguma coisa, tenho certeza.

— Se você está curioso, porque simplesmente não pergunta o que ela quer?

— Acho que eu sei o que ela quer.

— E o que é?

— Há um ano, ela veio com o papo de termos um segundo filho. Foi a mesma coisa. Preparava meus pratos preferidos, cuidava das minhas roupas, acordava e dormia sorrindo...

— Você acha que ela quer voltar à questão?

— Tenho quase certeza.

— E o que você pensa de ter mais um filho?

— É uma péssima ideia.

— É mesmo.

— Por quê? Eu sou um ótimo pai!

– Eu acho que duas esposas, dois filhos e ideias persecutórias a respeito da mãe são problemas suficientes. Mas o importante não é a minha opinião e sim por que a ideia de ser pai não lhe agrada.

– Porque tenho me sentido cada vez mais preso a essa situação. Por enquanto, vou vivendo bem com as duas, mas e se elas descobrem? Cada filho é como uma pá de cimento. Vai deixando a situação mais complicada, você me entende?

– O que me faz voltar à questão que discutíamos na sessão passada: a culpa que você sente por ser marido de duas esposas.

– Não é exatamente culpa o que eu sinto...

– Tem certeza?

– Você parece a minha mãe, de vez em quando. Ela achava que sabia tudo o que eu sentia. Mais do que eu, até.

– Interessante você me comparar à sua mãe, logo ela que lhe pressionou para tomar uma decisão em relação a essas mulheres.

– O que você quer dizer?

– Você acha que eu o estou pressionando a se decidir por uma delas?

– Sim, um pouco.

– Em que momento eu falei que você deveria escolher?

– Assim diretamente não falou, mas você disse que ter duas mulheres era um problema.

– No sentido de que dão trabalho, apenas isso.

– Bem, eu entendi diferente.

– Eu não estou aqui para julgar o seu comportamento ou dizer como você deve se portar. Isso é responsabilidade sua.

– Eu sei. Desculpe.

— E lhe mostrar que existe *sim* uma voz interna em você, que questiona esse comportamento bígamo.

— A voz da minha mãe, não é isso?

— Sim, a voz da sua mãe.

— Estou me sentindo acuado... Não quero ter mais filhos. A não ser que eu compre uma casa para uma delas no interior. Assim, pelo menos, elas ficariam longe uma da outra. Menos chance de descobrirem...

— Você está com as duas há quanto tempo?

— Sete anos.

— E durante esses sete anos você vem convivendo com o medo de elas descobrirem?

— Não.

— Esse medo só surgiu agora?

— Sim.

— Por quê?

— Não sei. Me diz você, que é a psicóloga.

— Psicanalista. Eu tenho as minhas teorias a respeito, mas prefiro ouvir as suas antes de chegar a alguma conclusão.

— Realmente não sei... Estava tudo tão bom... Isso até você aparecer, comprar o relicário e a minha mãe começar a me perturbar. Desde então, minha vida está confusa... As pessoas mudaram...

— Que pessoas?

— Bem, a minha mãe virou uma alma penada que me persegue. A minha mulher quer engravidar. E a outra tem estado esquisita, distante...

— A outra quem? A sua outra esposa?

— É.

— Qual o nome dela?

— Prefiro não falar.

— Você não confia em mim?

— Confio, mas não me sentiria bem revelando isso. Entendo que é a minha psicóloga, mas você também é amiga da minha esposa.

— Então me contar que tem duas esposas tudo bem, mas me falar o nome da outra, não? Qual a lógica?

— Respeito. Coisa minha.

— Tudo bem, tanto faz.

— Ela é loira. Vamos chamá-la de Loira, está bem?

— Como quiser.

— Pois bem... A Loira anda muito esquisita. Vive num bom humor de comover até os mais ranzinzas, coisa que não é do feitio dela. Só que não é comigo. Ela arruma a casa cantando, cozinha assobiando, mas basta eu chegar perto para me fazer aquela cara de quem comeu e não gostou.

— Vocês andaram brigando?

— A gente vive brigando, é normal. Mas fazer cara feia sem eu ter dito ou feito nada, nunca aconteceu.

— E por que você não pergunta o que ela tem?

— E cutucar o vespeiro?

— Você se exime o tempo inteiro de ter conversas adultas com as suas esposas. Como se deixar de conversar fosse evitar os problemas que tem com elas.

— Você não conhece aquelas duas.

— Bem, eu conheço uma delas.

— A mais mansa. Porque a Loira, minha cara, passou na fila da braveza duas vezes e só não foi pela terceira vez porque Jesus teve dó de mim.

— Mas, se é assim, você já deve estar acostumado. Quem sabe se você conversasse com ela de outra forma, buscando ouvir, as coisas não seriam diferentes?

— Imagina... Ela morre de raiva de mim, desde o princípio do casamento.

– É?

– É. Ela queria ser rica, achou que eu era o pote de ouro e se frustrou.

– E por que ela achou isso?

– Eu dei um brinco de ouro pra ela quando a conheci. E também prometi que ela teria uma casa bonita, enfeitada, com tudo o que quisesse ter.

– E você não cumpriu a promessa?

– Não.

– Mas por que você não cumpriu a promessa?

– Lá vem você me julgar mal. Quando eu disse que daria a ela uma casa bonita, eu realmente podia arcar. Mas aí eu conheci a sua amiga e, para bancar duas mulheres no bem bom, só se eu fosse rico. O que não é o caso, infelizmente.

– E como a história se desenrolou a partir daí? Você disse à loira que os negócios iam mal?

– Claro que não. Ela engravidou muito rápido da menina e se eu cortasse as esperanças de ela ser rica, fugiria e adeus minha filha.

– Mas ela não o amava?

– Às vezes eu acho que sim, e às vezes, que não. Mas o dinheiro ela ama, com certeza.

– E por que você resolveu se casar com uma mulher que parecia interessada no seu dinheiro?

– É. Você tem razão. Talvez eu tenha feito uma má escolha.

– Eu não disse que você fez uma má escolha.

– Mamãe dizia que ela não era mulher pra mim. Ela e a Loira viviam se bicando, um inferno. Se eu comprava um pão a mais para uma, a outra reclamava. Todo início do mês tinha briga em casa porque as duas ficavam medindo quantas notas eu dava para cada.

– A sua mãe era assim com as duas noras?
– Implicava mais com a Loira, sem dúvida, mas com a outra também não era flor que se cheirasse.
– Entendi. Vamos falar um pouco do exercício da semana passada? Você continuou carregando as pedras?
– Continuei.
– Para cima e para baixo, sem largá-las por nada?
– Sim.
– E como foi?
– Desta vez, nem me incomodei com elas. Carregava e pronto, no automático.
– Você dormiu com elas no bolso?
– Claro que não. Era para dormir?
– Quando eu disse *o dia todo*, isso incluía carregá-las o dia inteiro, inclusive durante o sono.
– Se você me diz a palavra dia, como quer que eu pense que devo carregá-las à noite?
– Você abriu mão de dormir com as pedras, de deitar-se com essas mulheres. É uma manifestação interessante do seu inconsciente.
– Eu não entendi que era pra fazer o exercício à noite, só isso.
– *Só isso* não existe em psicanálise, meu caro.

Fazia tantos anos a Loira não entrava numa loja de roupas que, perdida entre as araras, não conseguia se decidir entre os modelos que lhe eram dados a experimentar.

Havia um vestido vermelho, com alças fininhas e decote bordado em minúsculas flores de renda. Enquanto ela o examinava, encantada com as minúcias do feitio, a vendedora, ao lado, apoiava o peso do corpo numa das pernas e mantinha os braços roliços cruzados no peito.

A Loira dissera que estava apenas olhando, mas nem assim a outra arredava pé. Continuava no encalço, pressionando a cliente a tomar uma decisão que ou lhe engordasse a comissão ou lhe poupasse o cansaço. Para escapar à pressão, a Loira apertava o passo dentro da loja. Quem acompanhasse a cena desde o começo perceberia que ela se alternava entre araras e prateleiras, já sem prestar atenção no que ia nelas. Atentava apenas para a sombra da vendedora se aproximando, sinal de que era preciso andar mais rápido.

A funcionária gordinha esforçava-se para seguir a cliente. "Procura algo especial?". A Loira, entretanto, se adiantava o suficiente para que a outra ficasse sem resposta. Irritada, a vendedora virou os olhos para o céu e quase jogou as mãos para o alto, em agradecimento, ao ser requisitada por uma cliente idosa. Bufando, deu as costas à Loira sem dizer palavra.

Esta, ao ver-se livre da perseguição, pôde então voltar ao vestido vermelho. Tirou-o do cabide, apalpou a malha e colocou-o na frente do corpo para checar se lhe cabia. Em dúvida, dirigiu-se ao provador e, com a peça posta, abriu a porta e recuou para ver como tinha ficado de um ângulo que lhe ampliava a visão. Faltava recheio para o peito, mas nada que um bom sutiã com enchimento não resolvesse. Na cava dos braços, o vestido descia perfeitamente, delineando a cintura discreta para pousar nos quadris magros e terminar um pouco acima dos joelhos.

A Loira não se lembrava da própria magreza, pois o tempo fez com que ela e o espelho do armário do banheiro só se mirassem do pescoço para cima. A filha quebrara o grande espelho da penteadeira velha, no tempo em que bastava se afastar dele alguns metros para ter uma visão geral do corpo. Depois disso, ela havia requisitado outro ao marido, mas, pedido feito na hora errada, acabou morrendo sem resposta.

Era, pois, com perplexa curiosidade que ela observava o conjunto de si, tingido por todo aquele vermelho ao qual não era habituada. Verdade que estava um pouco magra demais para o padrão de beleza espanhol, mas, em compensação, melhor magra do que gorda e, para uma pessoa que de exercício só fazia lavar o chão, até que estavam boas as suas curvas.

Que o marido não a elogiasse era o custo da insensibilidade e cegueira dele, pois Soares sabia olhar e se fartar e não tinha nada a mais no sangue que o outro para justificar sua gentileza. Desde que conhecera o funcionário do marido, ficara cada vez mais difícil perdoar o cônjuge com a emenda de que os homens são assim mesmo, brutos por natureza.

Os dois eram distintos como um martelo e um saleiro, como um batom e uma chave de fenda. Mas, apesar das diferenças, ao olhar o decote atrevido que lhe ornava os seios tímidos, ela não conseguia dizer para qual deles se vestia. E se o amor por Soares era fruto da raiva que sentia do marido ou se a raiva que sentia do marido era na verdade o amor, escamoteado pela vingança e pela traição perpetrada com Soares.

E como isso se dava logo com ela, que sabia o que queria desde a mais tenra idade, era coisa tão espantosa quanto excitante. Acalmava-se ao pensar que os fatos eram mesmo graves para que não tivesse dúvidas, pois se de um lado tinha o pai de sua filha – que ela conhecia e que lhe fazia parte, ainda que pouca satisfação lhe trouxesse –, por outro lado o sujeito que lhe descortinava os horizontes, além de misterioso, dizia-se um matador. E como pode ser boa pessoa alguém que mata, ainda que só mate quem mereça morrer?

A Loira despiu-se do vestido – não da dúvida –, contou umas notas amassadas que tinha na bolsa, levou-as ao caixa e saiu da loja com a embalagem na mão. A vendedora insistente ainda seguia a velha gorda que não sabia o que levar.

Mentir não é problema. Todo mundo mente; uns mais, outros menos. O importante é não mentir nas coisas essenciais, nem mentir a ponto de perder o próprio parâmetro da verdade. Assim buscava justificar-se Soares por ludibriar a Loira na última conversa dos dois.

Dissera a ela que matava apenas quem merecia morrer quando, em vinte anos, nunca procurara saber do inventário moral de suas vítimas. Pensava que se era do interesse de Deus julgar as pessoas, a ele cabia apenas saber-lhes a cara e o itinerário, sem deter-se em avaliações de conduta que só lhe atrasariam o trabalho. E, apesar de intuir que a Loira não pensava exatamente como a gente comum, seria inocência acreditar que, a par da verdade, não o achasse perigoso e mau-caráter.

Isso havia passado com a única pessoa a quem Soares contara as minúcias de sua profissão: seu próprio irmão. Após confessar tudo, viu-se acossado pela tentativa do outro de amainar os efeitos da revelação. *Você fez isso porque precisava de dinheiro, não é?* A afirmativa, disfarçada de pergunta, pegou Soares de surpresa. Ele esperava reprovação, jamais condescendência.

Enquanto o matador rasgava a alma – mostrando os podres que lhe somavam à conta – o irmão ignorava o gesto, faltando só suplicar que o outro aproveitasse a deixa das falsas perguntas para responder apenas o que ele queria ouvir. Mas, solitário como um guarda de farol, Soares insistia na sinceridade e respondia que de dinheiro todos precisam e nem por isso o povo se põe a matar.

Ao que o irmão, na última tentativa de salvar a imagem do outro, perguntou se ele não era daqueles justiceiros que limpam o mundo. Contra essa última chance, Soares disse que matava sem pesquisar se a vítima merecia a morte ou não.

Sem saída, como um juiz que não pode fechar os olhos para o segundo cartão amarelo ao qual irá suceder-se o vermelho, sobrou ao irmão só a decepção de dividir o sangue com um indivíduo que, pelas assombrosas declarações, só podia lhe afigurar sem bem e sem religião.

Foi desse embate que Soares tirou a ideia de mentir, dizendo à Loira que só matava quem merecia. A ideia era dar-lhe, sem que ela tivesse pedido, uma justificativa para perdoar sua conduta. Enfraquecendo o mal (qual seja o de matar) com o bem (qual seja o de fazê-lo apenas a quem merece), ele ainda oferecia um argumento para que ela fosse indulgente sem sentir-se, por isso, muito martirizada pela própria consciência.

Se a ideia era se dar bem – e isso significava ficar com a Loira – não teria havido mentira mais bem colocada. Naquela importante conversa, porém, em que ele tinha sido sincero pela metade, o nervosismo e a ansiedade o fizeram esquecer-se de outro argumento que poderia contar a favor dos objetivos: o de que lhe faltava apenas uma morte para a aposentadoria.

Havia um dia no ano em que o Homem, a Morena e o menino pareciam uma família feliz. Era quando o pequeno fazia aniversário, caso do dia de céu azul em que se passa esta narrativa.

Acordaram todos às seis da manhã, tomaram banho e, enquanto a Morena cantarolava na cozinha e verificava a cesta de piquenique, o Homem lia o jornal e tomava a sua caneca quente de café.

Diferentemente dos anos anteriores, desta vez o passeio não se restringia à família. A Mulher tinha sido convidada para acompanhar os três na celebração. De nada valeram seus argumentos de que, por ser psicanalista do Homem, sua presença no evento não seria adequada. A Morena fora irredutível: Antes de qualquer coisa somos amigas e a amizade é motivo suficiente para colocar certas formalidades de lado. Isso posto, não restou alternativa à Mulher senão a de estar às sete da manhã em ponto na porta do casal.

Trinta minutos depois, os quatro encontravam-se estendidos numa canga no Parque Güell. A Morena organizava pedaços de bolo e frutas numa toalha estampada. A Mulher observava o movimento ao redor. O Homem alternava-se entre tamborilar os dedos na grama e ajeitar a gola da camisa polo, como se os gestos pudessem afastar o mal-estar que lhe revolvia o estômago. O menino, por sua vez, corria em círculos ao redor deles, com os braços estendidos na frente do corpo, tal qual um super-herói que cria um campo de proteção eletromagnética em volta dos habitantes de seu planeta.

– Que dia magnífico, não? – a Morena quebrou o silêncio.

– Sim. Lindíssimo – respondeu a Mulher.

– Barcelona é outra no verão – completou o Homem.

– Depois do piquenique, talvez pudéssemos ver aquele filme romântico que está passando no shopping, não é, amor?

– Filme romântico? E o menino?

– Ele é novo demais para entender, amor. E, de mais a mais, eu tapo os olhos dele se aparecer alguma cena imprópria...

– E você acha que ele vai ficar sentado na cadeira durante o filme inteiro? Parece que não conhece o filho que tem...

– Se eu pedir, ele se comporta. Não é, meu filho? Se a mamãe pedir, você fica quietinho pra ver um filme bem legal no cinema?

– Não – respondeu o menino.

– Está vendo como eu sei do que falo?

– Amor, eu convivo com ele o dia inteiro. Sei muito bem que ele é capaz de se comportar.

– O que você está querendo dizer? Que eu não convivo com ele?

– Você convive, claro, mas não tanto quanto eu.

– Está insinuando que eu sou um pai ausente?

– Eu não disse isso.

– Está vendo, doutora? É assim que ela me trata.

– Amor, ela não tem nada a ver com a história. Não a envolva, por favor. E eu não disse que você é um pai ausente.

– É claro que eu posso envolvê-la na história. Ela é a minha psicóloga. É até bom que veja com os próprios olhos como você é injusta comigo.

– Está vendo porque eu não queria vir? Sabia que era má ideia.

– Me perdoa, amiga. Ele não acordou de bom humor hoje.

– Eu? Eu estou de ótimo humor. E continuaria se você não insinuasse, no dia do aniversário do meu filho, que eu deixo a desejar como pai.

– Amor, você é um ótimo pai.

– Cadê os meus presentes?

– Oi, filho. Vem cá. A mamãe vai mostrar o presente que comprou pra você com o maior carinho do mundo.

– Um carrinho de controle remoto! Pai, ela me deu um carrinho de controle remoto!

– Que bom, filho... Agora vem ver o presente que eu comprei. A embalagem é grande, do jeito que você gosta.

– Pai, coloca a pilha no controle pra mim?

– Coloco. Enquanto isso, por que você não abre o meu presente?

– Primeiro eu quero ver o carrinho da mamãe funcionando.

– Pronto.

– Uau, ele se transforma em monstro! Vai, carro monstro, em cima das trincheiras inimigas! Preparem-se para morrer, alienígenas!

– Meu filho, isso não é uma trincheira. É um bolo. E agora vai abrir o presente que o seu pai trouxe pra você.

– Tá bom.

A criança desfez avidamente o embrulho dado pelo pai e olhou o brinquedo só o tempo de colocá-lo de lado.

– Ah, é só um carrinho de madeira.

– Meu filho, o que é isso? Esse é o presente do seu pai. O que a gente diz quando recebe um presente?

– Obrigado.

– Muito bem.

– Você não gostou do carrinho que eu comprei, meu filho?

– Ele vai ser destruído pelo carro monstro. Monstro, atacar! Saia das trincheiras inimigas em direção ao tanque velho! Bummmmmm!

– Tanque velho? Esse carrinho é igual ao que o meu pai me deu quando eu tinha a idade dele. O que você tem ensinado a esse menino?

– Amor, agora a culpa é minha se ele não gostou do seu presente?

– Isso é o que dá colocar a criança na frente da televisão o dia inteiro. Ele vê esses brinquedos de propaganda e fica mal-acostumado. No meu tempo, os moleques tinham imaginação. A gente não precisava de carrinho de controle remoto... Qualquer brinquedo simples virava outra coisa só com o que a nossa cabeça inventava. Mas isso, claro, é uma questão de educação. Se você coloca a criança na frente da televisão o dia inteiro...

– Gente, por favor, vamos parar de discutir. Vocês estão aqui para comemorar o aniversário dele... É uma ocasião feliz...

– Não precisa me defender, amiga. Eu estou acostumada.

– Não estou defendendo ninguém. Olha, acho melhor eu ir pra casa...

— Está vendo, amor? Ela quer ir embora por sua causa.

— Por minha causa? Se você tivesse procurado um brinquedo de acordo com as posses da nossa família, o menino teria gostado tanto do meu presente quanto do seu e não estaríamos aqui discutindo.

— Eu não tenho culpa se nem no aniversário do seu filho você resolve abrir a carteira.

— Vê como tudo o que eu digo no consultório faz sentido? Que as mulheres sempre querem mais, que nunca estão satisfeitas?

— Que mulheres, amor?

— Você, ora!

— Você disse mulheres. No plural.

— É jeito de dizer. Não é, doutora? Diz para ela.

— Eu não digo nada.

— Que história é essa de mulheres? Ele fala de outras mulheres no consultório? Nós somos amigas, você tem a obrigação de me contar!

— Amiga, eu não posso revelar o que ele fala no consultório.

— Se você se cala é porque ele fala. Quem cala consente. De que outra mulher você anda falando? O que está acontecendo?

— De nenhuma, coração. Eu estava falando genericamente. Vem cá, deixa disso. Hoje é aniversário do nosso filho. Vamos comemorar.

— Você sabia que toda vez que eu falo em ter um filho ele foge do assunto?

— Ah, não, por favor... Não me envolva nisso.

— É, deixe ela fora disso. O que ela tem a ver com essa sua obsessão em colocar mais uma pessoa no mundo?

— Ela te conhece.

– Mais um motivo para não envolvê-la nas suas ideias fixas. Ela é a *minha* psicóloga, não a sua. Se você quer uma psicóloga, contrate uma e deixe a minha em paz.

– Psicanalista. Eu sou psicanalista.

– E antes de ser a sua psicóloga, ela é *minha* amiga. Aliás, por que você acha que ela resolveu lhe atender? Por minha causa, meu querido. Por *minha* causa.

– Olha, eu acho que vocês deviam resolver isso em casa. Brigar na frente do menino não fica bem. Além disso, eu não posso ser mediadora de problemas conjugais. Eu faço análise individual. Terapia de casal não é a minha especialidade.

– Escutou? Análise in-di-vi-du-al. Ela é a *minha* psicóloga.

– Vocês dois estão passando dos limites.

– Amiga, desculpa. Eu entendo o seu lado. Eu só entrei na questão do filho porque ele sempre foge quando eu falo. Achei que, com você aqui, ele pudesse se abrir. Meu filho, olha pra mamãe. Pare de brincar um pouquinho. Você não ia gostar de ter um irmãozinho?

– Não.

– Está vendo como eu sei do que falo? O menino está bem sozinho. Você devia tirar essa ideia da cabeça e se preocupar com o filho que já tem.

– Você não me ama, essa é a verdade.

– O quê?

– É. Você não me ama. Se amasse, teria mais um filho comigo.

– Está vendo o drama que eu tenho de aguentar?

– Filho, o seu pai não ama a gente.

– Você não ama a gente, papai?

– É claro que eu amo, meu filho. A sua mãe está nervosa, só isso.

– Então explica por que até no presente de aniversário dele você economizou. O amor, meu filho, ouve o conselho da sua mãe, anda junto com a generosidade. Isso vai te ajudar com as meninas mais tarde.

– Eu não gosto de meninas.

– Como não gosta de meninas? Está vendo? Deixa ele na frente da televisão...

– Menina é chato!

– Se você parasse mais em casa, saberia que o seu filho só vê desenho animado.

– Do jeito que as coisas vão, nem os desenhos escapam. Você não concorda, doutora?

A Mulher, todavia, tinha pegado a bolsa sorrateiramente e ido embora sem que a família percebesse.

Fazia três meses que a Mulher andava por Barcelona à espera da morte. Sentada num café perto do porto, pensava nos seus primeiros dias na cidade, quando veio a seguir o homem que seria seu paciente e a Morena, que se tornaria uma amiga. Um simples gesto, o de seguir, criara novas relações para além do objetivo de apenas se distrair com aquelas pessoas aleatórias, cujas vidas lhe escapava até então. Um simples gesto, o de seguir. Basta um simples gesto.

Descobrira um homem que vivia com duas mulheres, sendo uma delas mais cega do que um mundo sem sol. Sob esse foco, Barcelona escurecia. Ela havia concebido a viagem como uma despedida cálida, plena de paisagens, de memórias, de serenidade. E, sobretudo, de solidão. Não fosse a curiosidade, mãe de todos os desvios. Não fosse Soares demorar tanto para matá-la.

Num acesso de inquietação, agarrou o laptop.

"Caro Soares, sei que lhe dei permissão para me matar no dia que lhe conviesse, dentro dos quatro meses a partir do seu pagamento. Já se passaram três e começo a me perguntar o porquê da demora. Na verdade, me arrependo por ter concordado com essa história de prazo. Não sei onde estava com a cabeça para lhe dar um tão longo. Por favor, não prolongue a minha angústia. Mate-me o quanto antes. Obrigada."

Parte três

— Não – disse a Loira.
— Como não? – argumentou Soares.
— Eu não posso abandonar meu marido para fugir com você. Essa história entre nós tem sido muito divertida, mas a realidade, depois que a paixão passa, é bem diferente. Não demoraria para você começar a se irritar comigo e eu com você. É assim que as coisas funcionam.
— Se você pensasse assim dos relacionamentos, não estaria casada.
— Casamento não tem nada a ver com isso. Meu marido leva a vida de sempre e está satisfeito com ela. É um homem de raízes, daria o que tem para permanecer como está. O que é tranquilizador, tanto para mim quanto para a minha filha.
— No fundo, eu sei que você não pensa dessa forma. Se está satisfeita, por que joga sempre na loteria? Por que está sempre com os olhos na vida que não tem?
— Porque sonhar custa pouco.
— Mas o custo de não viver é alto.
— Ah, não venha me julgar. O que você quer que eu faça? A única coisa que eu sei é que você é um balconista. Essas promessas de riqueza me parecem um bando de mentiras.

– O que eu preciso fazer para provar? Você quer um colar de diamantes? Eu compro!

– Ainda que você fosse muito rico, eu não iria com você.

– Por quê?

– Eu ainda amo o meu marido.

– Mas e eu?

– Você é tudo o que uma mulher gostaria de ter, Soares. Mas uma coisa é imaginar a vida maravilhosa que você propõe, outra é me dispor a vivê-la. Esta é a minha cidade, o meu mundo. O que eu tenho aqui não é muito, mas é meu. Não posso trocar o pouco que tenho pela esperança de que você vá me amar sempre. Homens ricos se dão ao luxo de trocar a esposa assim que ela envelhece. Meu marido tem muitos defeitos, mas pelo menos é íntegro. Esse risco eu não corro.

– Você não conhece o marido que tem.

– Conheço sim. Ele é insensível e pão-duro, mas cumpre com as obrigações. Posso não ter o melhor em casa, mas aqui nunca faltou comida nem roupa para a pequena.

– E basta isso para você se contentar?

– Não finja que não ouviu o que eu disse. Eu ainda amo o meu marido. E ele é um homem bom.

– Mas ele não te ama.

– Como você se atreve a falar uma coisa dessas? Acaso vai inventar que ele lhe faz confidências? Pois deveria ter pensado numa mentira melhor, porque meu marido é um homem reservado. Jamais falaria da vida pessoal a um funcionário. E mais: por que ele estaria casado comigo, se não me amasse?

– Eu não queria chegar a este ponto, mas você não me deixa alternativa. Seu marido é infiel. Tem um caso com outra mulher. Ela, inclusive, é o motivo de eu estar nesta cidade. Seu marido é tão vil que deve ter feito várias promessas e a coitada, sem esperanças, me contratou para que eu a matasse.

— Que história absurda! Como você pode ser tão apelativo? É assim que espera me convencer a fugir com você?

— Quer tirar a prova? Eles se encontram todas as terças-feiras, às onze e meia da manhã, no Hotel Bailador. Ela está no quarto 63. E fique com essa fotografia. Essa é a amante do seu marido.

Sentada na poltrona macia do quarto, a Mulher olhava para o Homem, dividida entre a ternura e a raiva. Lembrava da discussão entre ele e a Morena e o ódio emergia. A amiga não merecia ser alvo de tanta hipocrisia. Ao mesmo tempo, os anos de experiência como terapeuta reforçavam-lhe a crença de que ele enganava as duas esposas mais por excesso de covardia do que por maldade. E, tendo um coração mole, sentia pena. E depois ódio. E depois pena. E tentava deixar de julgá-lo em meio às próprias emoções tumultuadas.

Pela primeira vez na vida, via-se rompendo a fronteira – estabelecida por anos de prática profissional – entre o que julgava como mulher e o que concluía como analista. Envolvera-se demais, a ponto de não saber se estava ali para defender a amiga ou para cuidar das angústias do Homem.

Como psicanalista sabia que não há culpados ou inocentes – quem não carrega em si um pouco de cada? A premissa parecia internalizada na prática profissional, mas que se preste atenção à escolha e ao tempo do verbo, *parecia*. Ali, na frente do Homem, a Mulher não conseguia mais enxergar com clareza o seu papel. Conseguira em algum momento?

– Doutora, gostaria de me desculpar pela cena do parque.

– Não precisa. A responsabilidade foi minha. Eu deveria ter recusado o convite.

– Eu não deveria ter falado daquela forma com a minha esposa. Imagino que você tenha se magoado, afinal, ela é sua amiga. Peço desculpas.

– Se você acha que foi rude, desculpe-se com ela.

– Aí é outra história. Ela usaria o pedido de desculpas para reverter a situação e me atacar. E eu já tenho me sentido suficientemente pressionado.

– Pelo quê?

– Por tudo. Tenho pensado muito em nossas sessões. Acho que você tem razão quando diz que eu deveria escolher uma delas e seguir em frente como um homem normal, com uma família só.

– Eu nunca disse isso.

– Ou foi a minha mãe, nos sonhos. Enfim, não importa.

– A sua mãe morreu.

– Ou o meu consciente, sei lá.

– Inconsciente. O que eu lhe disse foi que a desaprovação da sua mãe em relação a você ter duas famílias era apenas uma alegoria à sua própria desaprovação interna.

– Isso.

– Pois bem, continue.

– Sinceramente, não sei que decisão tomar. Não durmo há dias, não consigo comer e qualquer coisa me irrita. Acho que a discussão no parque tem a ver com esse meu estado de espírito.

– Natural.

– O que você acha? Com quem eu devo ficar?

– Eu jamais escolheria por você.

– Não estou pedindo que escolha por mim. Quero apenas uma opinião.

– Eu jamais falaria qualquer coisa que influenciasse a sua decisão.

– Mas você não entende? Se não me ajudar, eu nunca vou conseguir fazer isso sozinho.

– Quem sabe não foi por isso que você acabou neste consultório? Temos uma boa oportunidade para você dar um passo sozinho e se responsabilizar pelas suas escolhas.

– Eu não consigo...

– Consegue...

– Se ao menos mamãe estivesse aqui para me dar um conselho...

– Sua mãe não está mais aqui. O que é muito bom. Você já não precisa tomar vitamina de couve, pode comprar as próprias roupas e até tomar suas próprias decisões.

– Eu me sinto tão sozinho...

– É natural.

– Às vezes eu queria sumir do mundo.

– Sei...

– Se as coisas pudessem voltar a ser como antes...

– Eu sinto muito.

– Obrigado. Tenho certeza de que mamãe, onde estiver, agradece pelo trabalho que você tem feito.

– Não tenha tanta certeza.

– Pode acreditar, ela agradece sim. Nunca pensei que fosse dizer isto, mas a terapia me faz bem.

– Vai parecer muito estranho o que eu vou lhe falar, mas é importante que eu diga.

– O quê?

– No dia em que desembarquei na cidade, eu te segui.

– Me seguiu?

– Eu estava no La Flor del Camino e você estava sentado numa mesa dos fundos, comendo. Quando você pagou a conta, eu me levantei e o segui.

– E por que você me seguiu?
– Isso realmente interessa? O importante é que eu segui.
– É claro que interessa. Seguir sem motivo é coisa de louco. E uma psicóloga não pode ser louca, você há de concordar comigo...
– Você vai rir de mim.
– Tanto melhor, assim a sessão fica mais divertida.
– Bem, eu te achei bonito. É isso. Completamente idiota, mas é verdade.
– Obrigado pelo elogio.
– A questão é que eu me arrependo disso. Muito.
– Não é para tanto também, vai... Você não cometeu nenhum crime. Mas que coincidência estranha! Você me seguiu e depois, ao acaso, conheceu a minha esposa?
– Eu também a segui, na verdade.
– A ela também?
– É.
– Por quê? Achou ela bonita?
– Devo admitir que você é espirituoso... Não. Nesse mesmo dia, depois de sair do restaurante, você acabou passando na casa das suas duas esposas. Vi quando você as beijou. E depois, por curiosidade, acabei seguindo uma delas.
– Você sabia desde o início que eu tinha duas famílias?
– Sim. Peço desculpas.
– E por isso resolveu que eu precisava de terapia?
– Não. Isso foi ideia da sua esposa, não minha.
– Você há de convir que é difícil acreditar. Você pode ter feito a cabeça dela.
– Entendo que você pense isso. Eu jamais deveria ter aceitado ser sua terapeuta.
– Eu nem sei o que dizer...
– Não precisa dizer nada.

No preciso momento em que a sessão psicanalítica terminava, a Loira, do outro lado da rua, espreitava atrás de uma banca de jornal a ver quanto tempo o marido demoraria com a outra no hotel.

Chegara lá no horário indicado por Soares, crente de que não encontraria ninguém e que poderia devolver ao matador todas as calúnias que ele havia lhe jogado. O marido, porém, não só havia aparecido como subira para um quarto e se demorava. E se ela se contivera a dar um escândalo assim que o vira entrar no hall, fora só pela esperança de que ele mal se demoraria, tendo ido lá, talvez, apenas para entregar alguma mercadoria.

Mas Soares tinha razão. O marido era um cachorro traidor. Um belo filho de uma puta. E ela, todos aqueles anos, desperdiçara a vida, contando miséria, vivendo ao lado dele que, nem bem dava para sustentar uma, se dispunha a gastar com outra. Quanto custaria a diária naquele hotel? Há quanto tempo ele manteria o caso com a vagabunda?

O relógio marcava uma hora desde que ele subira. Tempo suficiente para que o sem-vergonha fizesse toda sorte de indecências. Dessa vez, porém, o desfecho seria diferente, ah, se seria! Ao ver o marido atravessar a rua com a cara estranhamente ensimesmada, correu-lhe ao encontro já com a bolsa enganchada no punho. Desferiu-lhe um golpe na cabeça, que o fez cair no chão com as mãos voltadas para cima, a proteger-se.

– Cachorro desgraçado! Até quando você pensou que ia me enganar?

– Pelo amor de Deus! O que você está fazendo? Ficou louca?

– Então você acha que pode se trancar num hotel com a sua amante e que eu tenho de ficar calma, seu filho de uma puta?

– Não é nada disso que você está pensando...

– Você ainda tem coragem de zombar da minha inteligência? Eu sei de tudo, seu desgraçado! Quer saber de uma coisa? Você nunca mais vai chegar perto da sua filha. Nunca mais! Está me entendendo?

Uma multidão já cercava o casal, emitindo, de quando em vez, uma opinião a favor de um ou de outro. Levantando-se a custo e depois de muito implorar, o Homem conseguiu arrastar a Loira para dentro de um táxi para que pudesse esclarecer, em casa, toda aquela situação. Ela, no entanto, não estava disposta a fazer concessões à fúria. Dentro do carro, soltava impropérios que o motorista, por mais que quisesse, não podia ignorar.

– Desde quando você tem um caso com essa mulher?

– Eu não tenho um caso com ela, pelo amor de Deus! Ela é psicóloga!

– Psicóloga? E por acaso eu lá me interesso pela profissão da sua amante? Ah, agora eu entendi... Você se cansou de mim porque eu não tenho estudo e foi procurar uma vaca que possa fazer uma palestra depois de trepar.

– Não, ela é a *minha* psicóloga. *Apenas* a minha psicóloga. Eu nunca tive nada com ela.

– E desde quando você tem uma psicóloga, seu mentiroso? Acha que eu vou cair nessa? Moço... Ô, motorista, eu estou falando com você. O senhor tem filhas?

– Sim, senhora.

– Então as proteja. Porque esse desgraçado aqui está comigo há sete anos e eu acabo de descobrir que ele me trai todas as terças, às onze e meia da manhã. Se eu fosse você, mandava as suas filhas para um convento porque nenhum homem no mundo presta. Nenhum!

– Peraí. Como você descobriu que eu fazia terapia às terças, nesse horário?

– Porque homem não sabe trair, seu idiota. Vocês sempre deixam pista.

– Mas eu juro que não te traí. Juro! Desde quando você deu pra me seguir?

– Você quer a verdade? Então eu conto a verdade, seu desgraçado. Sabe o seu funcionário? Aquele que você pensa ser um vendedor? Ele é um matador, seu idiota! Foi contratado pela sua amante psicóloga. Ela quer morrer porque é tão apaixonada por você que não vê mais sentido na vida se você não ficar com ela.

– Meu Deus, você precisa de um hospício!

– Ah, é? Então o que é isso aqui? Olha! Ele me deu a fotografia dela! Não é essa, a vaca? Pois bem, como ele teria essa fotografia se a história é falsa? Explica agora, vai!

– Sinceramente, eu não faço a menor ideia... Eu não sei de nada... Juro! Eu só sei de uma coisa: desde que essa mulher entrou na minha vida, está uma confusão do cacete. Ai dela se me aparecer na frente!

Assim que desceram do táxi, a Loira correu ao prédio, entrou e bateu a porta. Enquanto o Homem pagava a corrida e o taxista pensava que o mundo estava mesmo perdido, uma nuvem de roupas masculinas voava da sacada do terceiro andar.

Se o narrador deste romance acreditasse em verdades, diria que uma delas é a de que a paixão emburrece. Pois Soares, tendo sido sempre inteligente, muito antes destas páginas serem escritas, incorrera num erro comum às pessoas apaixonadas: a precipitação. Sentado no Las Cuevas de la Muerte, ele bebia um drinque composto de dois destilados separados por uma camada de pimenta. As lágrimas vinham-lhe aos olhos, mas se era por causa da bebida forte ou da confusão emocional, nem o narrador poderia dizer.

A conversa com a Loira tinha deitado cal em suas expectativas. Esperava que, após meses de tórrido romance, ela chegasse à conclusão de que ele era um partido bem melhor do que o tosco do marido.

É mais fácil, entretanto, entender física quântica do que os rincões de um coração feminino. Diante do fora irrevogável da amada, fugira-lhe a racionalidade que o acompanhara vida afora. Desesperado, não vira outra saída que não a de minar a reputação do rival, revelando o caso dele com a cliente.

Mas por que não o caso do Homem com a Morena?, deve perguntar o leitor mais atento nesta altura do campeonato. Pois bem. Se falasse do caso do patrão com a Morena, o máximo que poderia conceder seria o endereço desta à Loira. No afã da conversa, pressionado pelo terror de nunca mais ver a mulher amada, a fotografia da Mulher pareceu um elemento mais dramático e convincente do que um endereço anotado num papel.

E por que não revelou o caso do Homem com a Morena *e* com a Mulher?, insistiria o leitor dado a picuinhas. Mas a Loira acreditaria que o Homem era capaz de se dividir entre três mulheres? Que homem é? Soaria inverossímil. E, depois de falar que era matador e ainda arrematar que só matava quem merecesse morrer, precisava tomar cuidado com afirmações que pudessem soar fantasiosas. Perdida a credibilidade, fina-se qualquer história.

Três drinques apimentados depois, Soares cheirava a lembrança da colônia de lavanda da Loira. O perfume misturava-se ao do álcool e tombava saudade estômago adentro. Talvez, comprovada a traição, ela reconsiderasse a decisão em relação ao romance dos dois. Talvez nem contasse ao marido que fora Soares quem lhe revelara tudo. Talvez. Ou não? Talvez tudo estivesse mesmo perdido e só lhe restasse beber um pouco mais. A cliente havia pedido que a matasse o quanto antes. É. O quanto antes? Talvez.

A Mulher andava reclusa. Saía do quarto de hotel apenas para almoçar e jantar, procurando, nestas ocasiões, andar pelas vias mais movimentadas da cidade. Evitava vielas escuras e ruas sem saída, para que Soares não a pudesse matar antes que resolvesse um assunto. Ainda não estava certa de que tomava a melhor atitude, mas sentia que esperar por certeza seria esperar pelo nada. Às vezes, é preciso agir, simplesmente, sem pensar no que virá a seguir. O futuro, não à toa dizem alguns, a Deus pertence.

Olhando para os lados e misturando-se às pessoas, ela vencia com os pés apressados a distância entre o hotel e o prédio da Morena. O bairro gótico estava relativamente calmo naquele dia, pois o céu, coberto por nuvens tenebrosas, ameaçava castigar quem se demorasse embaixo dele.

Sentiu uma gota cair no ombro nu e procurou a proteção das marquises que sombreavam o caminho. Outros, contudo, tiveram a mesma ideia e, quando os pingos grossos se alastravam pelo chão, o espaço protegido encontrava-se apinhado. As pessoas formavam uma massa molhada, à qual era preciso encostar-se para ganhar passagem e avançar.

Depois de um tempo, ela percebeu que não valia a pena disputar espaço. O encostar de peles a deixava úmida de qualquer forma. Só, distanciou-se das marquises e recebeu a chuva na cara, buscando proteger a bolsa de lona que, com a alça trespassada, fazia barulho ao se chocar com a lateral direita dos quadris.

A chuva aumentava. Grudava o vestido verde-escuro de alças no corpo. Encharcava os pés calçados em sandálias de tiras. Gastava as rugas que ela tinha no rosto. E esmaecia os cabelos rebeldes, confinando-os em volume discreto, ao qual eles não se subjugavam quando secos. As pessoas ao redor a olhavam como se tivesse enlouquecido. Estavam todas ou embaixo da marquise ou dentro dos cafés ou sob bancas de jornal. Ela, porém, expunha-se.

Como se perdida em mar aberto, ela olhava as pequenas caixas de correio, situadas ao lado esquerdo da portaria do prédio da Morena. Encarava-as como a botes de salvação. Pequenos botes de salvação, quadrados e enferrujados. Com rapidez, abriu a bolsa, cutucou o fundo e tirou de lá um envelope azul, com as bordas levemente molhadas. Enfiou o envelope na caixa, deu meia-volta e saiu correndo.

Junto a folhetos de pizzaria e outros tantos de propaganda, o envelope azul se destacava. Dentro dele, as letras saltavam por entre marcas de lágrimas.

"Amiga, esta não é a melhor forma de me despedir. Queria ter forças para lhe dar um abraço e dizer que tudo vai dar certo, mas a verdade é que não suporto a ideia de vê-la triste. O seu marido tem outra família: uma esposa e uma filha, mais ou menos da mesma idade do seu pequeno. Ele vem enganando vocês duas faz sete anos, e se conto isso é porque acho que você não merece fazer parte dessa farsa. Você é bonita, alegre, viva. A pessoa mais positiva que conheci, sempre disposta a olhar a vida pelos melhores ângulos. Merece um homem melhor. Abaixo, deixo o endereço da outra, caso queira comprovar o que lhe contei. Sei que irá sofrer com essa revelação, mas fique tranquila, as tempestades passam. O tempo é o melhor remédio. Você há de ficar muito mais forte. Tenho certeza de que há alguém muito especial lhe esperando à frente do caminho. Fique bem. Um beijo."

Com a camisa branca suada a cingir-lhe o corpo, Soares caminhava em direção à casa da Loira. Afrouxava com os dedos o colarinho, puxava a barra da camisa para baixo, empurrando a cava que lhe apertava as axilas. Não havia engordado nem emagrecido desde que chegara a Barcelona, mas, apesar disso, sentia-se desterrado do próprio corpo, alheio às suas dimensões como se, em vez de estar a seu favor, elas o confinassem a um terreno hostil e desconhecido.

Há dias vinha lutando contra as peças de roupa do armário. Tinha a impressão de que elas se encolhiam ou se alargavam deliberadamente e, quando pensava no ridículo desta hipótese, começava a suar pelas mãos, pelos pés e pela nuca. Temia estar enlouquecendo.

A rotina vinha sendo abalada, pouco a pouco, pelos últimos acontecimentos. Desde que resolvera sumir da loja – assim exigiram as circunstâncias –, via-se perdido, sugado pelo medo que lhe paralisava a mente e sem saber o que fazer com o tempo vago.

Até então, Soares nunca tivera problemas com o ócio; sempre achava com o que cuidar da vida. Sua casa, do outro lado do oceano, era onde cultivava esses momentos. Costumava cuidar do jardim japonês que tinha no quintal, podando árvores, plantas e alimentando as carpas. Para manter tudo em ordem e não ter surpresas quando voltasse, pagara os meses da diarista adiantados e contratara um jardineiro polonês que, apesar de cobrar uma fortuna, tinha um senso estético que justificava cada centavo do salário.

O matador sentia falta daquela tranquilidade. Do vento que batia no fim de tarde, acompanhado pelo sol morno que iluminava as escamas dos peixes. Buscava na memória a disposição das pedras lambidas pela pequena queda d'água e podia ouvir o barulho manso e sutil dos filetes aquosos, que escorriam em direção ao tanque das carpas. Ele costumava pegar uma cadeira de palha e sentar-se perto da queda, a ponto de sentir na pele as gotículas que escapavam.

Ao pensar nisso, vinham sentimentos anacrônicos, pertencentes ao tempo em que tinha controle sobre as coisas e era senhor de si. Naquele outro tempo, naquela outra pátria onde estava a sua casa, mais precisamente no escritório do segundo andar, ele planejava as mortes, examinando paradeiros e mapas espalhados pelas paredes. Meticuloso, elaborava o plano, deixava-o assentar na cabeça e, só então, quando o tinha internalizado, colocava-o em prática. Soares, poucos meses antes, não era dado a erros, nem a desvios. Muito menos a confusões mentais.

Não era à toa, pois, a falta de reconhecimento próprio com a qual deparava, ao passar em frente às vitrines das lojas do bairro gótico. A imagem que via – um rosto amarelo fundido com estampas coloridas de roupas e sapatos – causava-lhe estranhamento e trazia a saudade de reflexos, condutas e lugares conhecidos. A saudade de pertencer sem questionar, de andar sem sobressaltos, de cumprir os planos feitos sem se atrapalhar.

Enquanto transpunha o calçamento com os passos ansiosos, pensava em como reverter o caos em que havia se metido. Queria a Loira e a filhinha dela sentadas junto a ele ao lado da queda d'água. Não conseguia sequer cogitar a ideia do *não* que a Loira lhe havia dito. Era preciso fazê-la pensar melhor, apelar para os instantes idílicos passados juntos. Ela tinha gostado, isso era certo. O tempo de convencê-la a fugir com ele, porém, extinguia-se, com o agravo adicional de que agora era preciso apurar o que o Homem sabia de toda a história. Tocou o interfone com as falangetas dos dedos pegajosas de suor e, ao terceiro toque, a Loira atendeu.

— Pois não.
— Sou eu.
— Mas é muita cara de pau...
— Vim falar com você.
— Eu não quero falar com você.
— Por favor, prometo que não demoro.
— E se meu marido chegar?
— Ainda são três da tarde. Ele só chega às sete e você sabe. Vai, abre a porta. Me ouve pela última vez.
— Não há nada a dizer que você já não tenha falado.
— Vou ter de fazer um escândalo na rua pra você abrir? Por favor... Por tudo o que passamos juntos...

Assim que a porta foi liberada, Soares subiu as escadas de dois em dois degraus. Voltou a ajeitar o colarinho e limpou o suor do rosto na manga da camisa antes de apertar a campainha.

— Pois bem. Seja breve.
— Como você está?
— Mas que pergunta cretina é essa?
— Bem, não deve ter sido fácil digerir a notícia que lhe dei sobre o seu marido.

– Se você realmente se preocupasse comigo, teria se calado.

– Você preferia não saber?

– Eu preferia que você pesquisasse melhor antes de fazer afirmações falsas. Meu marido disse que a mulher é apenas a psicóloga dele. Eles nunca tiveram um caso.

– E você acreditou?

– E por que eu deveria acreditar na versão de um sujeito que mata pessoas à versão do meu marido?

– De novo essa história? Eu já não lhe expliquei que mato apenas quem merece morrer?

– Ah, que santo... Me admira o potencial da sua criatividade... Você devia inventar umas mentiras mais plausíveis, sinceramente.

– Por que eu confessaria que sou um matador se não fosse? Que tipo de vantagem eu poderia ganhar com isso?

– Não estou me referindo a isso. Estou falando de você ter inventado que a mulher tinha um caso com o meu marido e que, ainda por cima, lhe pagou para que a matasse.

– É a mais pura verdade.

– Uma Julieta dos nossos tempos, que história patética...

– Romeu e Julieta se amavam. E eles não queriam morrer, portanto, de Julieta ela não tem nada.

– Agora você acha que pode me dar aulas?

– Meu amor, não interessa. Não é para isso que eu vim aqui.

– E o que você veio fazer, então? Insistir nas mentiras deslavadas?

– Me responde: Por que uma psicóloga seguiria um paciente? Pois eu descobri que os dois tinham um caso quando ela começou a seguir o seu marido como um cão sem dono, pela rua. Ela parou na frente do prédio de vocês,

viu vocês se beijando e fez uma cara de desolação que não poderia dizer outra coisa além de um grande *eu te amo*.
— Você está mentindo.
— Não estou.
— Jura?
— Juro.
— Então eu preciso falar com essa mulher.
— Não!
— Por que não? Quem não deve não teme.
— Ela é a minha cliente, por favor...
— Fique tranquilo. Eu deixo de fora a parte do contrato de vocês.
— Meu Deus, você vai complicar tudo... Tem muita gente envolvida nessa história... Eu lhe dei o endereço pra você comprovar a traição, não pra falar com ela... Vai dar bosta...
— Viu porque você devia ter se calado? Agora, eu não precisaria tirar satisfação com ninguém.
— O seu marido não perguntou como você ficou sabendo do caso dele?
— Sim.
— E o que você inventou?
— Eu não inventei nada.
— Como assim?
— Eu falei a verdade. Disse que você era um matador, e que a apaixonada lá tinha encomendado a própria morte porque não conseguia viver sem ele.
— Você disse que eu era um matador? Não acredito que você fez isso. Como você pôde me expor desse jeito?
— Desculpe. De fato eu poderia ter omitido essa parte. Mas eu estava com o sangue quente e saiu. Não precisa me olhar com essa cara também... Meu marido não fez

um comentário sobre isso. Ele não chamou a polícia, nem nada. A sua barra está limpa, fique tranquilo.

– Você não devia ter falado.

– Eu sei, agora já foi. Ah, mas o que você queria também? Fala uma coisa dessas e acha que eu não vou trocar os pés pelas mãos?

– Não é culpa sua, eu sei. Desculpe, amor.

– Tire a mão de mim.

– Não tiro. Será que você se esqueceu do quanto a gente foi feliz aqui? Você não sente mais nada por mim?

– Não torne as coisas mais difíceis, Soares...

– Você realmente prefere ficar com um homem que trai a me dar uma chance? Eu seria tão bom pra você...

– Eu já não sei de nada... Achava que o meu marido era correto e você me vem com essa história de traição... Achava que você era um balconista e você me vem com essa de que é um matador...

– Entendo que você esteja confusa. Só não enterre a possibilidade de ficarmos juntos, por favor. A gente pode dar um tempo, mas eu preciso que você pense melhor sobre nós dois. Por favor. Me prometa que vai pensar.

O menino observava um grande navio que singrava as águas do Mar Mediterrâneo. Na lateral esquerda do Castelo de Montjuïc, apoiado no gradil que dava vista para o porto, segurava uma bazuca imaginária entre as mãos, arrancando onomatopeias dos lábios enquanto, a cada tiro, olhava para a mãe.

A Morena, sentada num banco de madeira, mirava-o amorosamente, relembrando os passeios da infância; quando a mãe e a avó a levavam ao parquinho da praça. Nessas ocasiões, ela vestia a boneca com as melhores roupas e as quatro – ela, a mãe, a avô e Mara – seguiam como uma procissão de mulheres atadas, pelos nós dos dedos que se entrelaçavam e pelos caminhos que houveram e haveriam de percorrer.

Por mais que a mãe tivesse falado à Morena da importância de ser independente, há gerações em que o comportamento dos antepassados imprime-se no DNA dos que nascem, antes mesmo que tenham a chance de ser qualquer outra coisa. Ela vinha de uma geração confinada. De mulheres que existiam no limite da cozinha, da sala, do banheiro e do quarto e que ali se reconheciam como fraternidade.

A amiga viajada, independente, tão cheia de histórias para contar, escrevera na carta que ela não merecia participar daquela farsa, daquela traição. Desamassando a folha, lia e relia os argumentos da Mulher, procurando ao menos um que lhe servisse de alento para aceitar os fatos e seguir com a vida.

No entanto, todas aquelas palavras faziam parte do vocabulário emocional de quem as escrevera e não de quem as lia. Os conselhos para que ficasse tranquila, de que as tempestades passariam, de que mais à frente encontraria alguém especial, eram todos tão alheios às crenças e vivências da Morena que, inexoravelmente, as letras batiam em seus olhos e voltavam inférteis para o papel. A carta era como o seguinte aviso: O barco tem um rombo de trinta metros e vêm por aí ondas gigantescas, mas, fique tranquila, você, sozinha, conseguirá tapá-lo.

As frases que apelavam à paciência e à fé, molhadas pelas lágrimas que a Morena agora vertia sobre elas, eram descabidas porque ela havia aprendido que a paciência e a fé serviam, sobretudo, para manter a família unida. Se o marido possuía outra esposa e uma filha, pra quê a paciência? Pra quê a fé?

Ao ver que a mãe chorava, o menino aproximou-se perguntando se ela estava triste. Ela lhe respondeu que brincasse. Ele replicou que brincassem juntos. De encontro à amurada, a Morena amassou e jogou a carta no chão e principiou a mover as mãos como se também tivesse uma bazuca. Imitou as onomatopeias infantis do garoto. Apontou para outro navio e disse que ele estava distante; era preciso chegar mais perto.

Pegou o menino no colo, passou a perna direita por cima do gradil e depois a esquerda. Os corpos equilibraram-se nos vinte e cinco centímetros de concreto que os separavam do porto, vinte metros abaixo. Ela pediu que o menino fechasse os olhos. Faz parte da brincadeira, meu filho. O navio, embaixo, foi ficando cada vez mais próximo.

O cheiro do alho fritando no azeite desprendia-se da panela. Acrescentando um frango cortado em cubos, a Loira mexia a colher de pau e olhava para o marido sentado no sofá da sala. Ele brincava com a menina, tinha os olhos fixos nos anéis de seus cabelos claros. A pequena, sobre uma das pernas do pai, soltava gritinhos de felicidade quando ele movia o pé, balançando-a para cima e para baixo.

    A Loira assistia à cena e pensava que tudo poderia ser perfeito, não fossem as promessas falsas, as mentiras. Pois se, desde o início do casamento, ele tivesse dado para ela e para a filha a vida que mereciam, talvez não existisse hoje o caso com Soares nem a desconfiança em relação à psicóloga. Ia além. Se ele fosse um bom marido e pai, ela poderia ignorar uma ou outra fraqueza dele, atendo-se ao fato de que nenhum homem é perfeito e que mais importa uma casa bem sustentada do que aquilo que se faz fora de suas paredes.

    Um caso às vezes é só um caso, refletia. O que faz dele perdoável ou não pouco tem a ver com a traição em si. É a situação dentro de casa – o que se tem, como se é tratada – que mais influi na decisão de perdoar por parte de quem leva um par de chifres.

    À Loira, mais pesava a inveja do que poderia ter perdido – o que o marido haveria gastado e feito com a outra; enfim, as experiências das quais teria ficado de fora – do que algum brio romântico ferido.

    Nisso, pois, a situação se complicava. O Homem nunca fora um marido exemplar, ao contrário do que ela, às vezes, dava a entender a Soares. Era comedido tanto nos carinhos quanto nas provisões, atitude a que, até então, ela estava conformada e habituada.

    Descobri-lo em traição, porém, alterava o peso na balança do relacionamento. Enquanto não decidia qual atitude tomar, forçava os limites da convivência na casa, estabelecendo novos papéis e costumes, diante dos quais o Homem se exasperava.

    Ele já não podia ficar jogado na poltrona, com a filha no colo, o tempo que quisesse. Nem ler o jornal calmamente enquanto esperava que ela lhe trouxesse uma caneca quente de café. Ligar a televisão e assistir a um jogo de futebol, fora de questão. Pedir que ela lhe trouxesse uma cerveja então, seria sentenciar-se à pena de morte.

    A cada vez que se resguardava num desses momentos de prazer, bastava contar cinco minutos para que ela o interrompesse. Com a filha a balançar no colo, esperava, em sobressalto, as novas ordens que agora atropelavam a rotina.

    – Você já passou meu vestido?

    – Mas eu não sei passar roupa...

    – E você acha que eu sabia passar alguma coisa quando me casei com você? Vai, levanta logo dessa poltrona. Passou da hora de você aprender a fazer alguma coisa útil aqui dentro.

    – Onde está o vestido?

    – Em cima da tábua de passar.

    Com o andar resignado, o Homem moveu-se em direção à área. Seus dedos grossos percorreram a fazenda fina do vestido vermelho, esticando-o em cima da tábua. Ligou o ferro. A filha, curiosa, postou-se ao lado enquanto observava os pais conversarem.

— Quanto tempo espero até o ferro esquentar?
— Cinco minutos.
— Esse vestido é novo?
— Por quê? Está incomodado de eu gastar a miséria que você me dá num presente pra mim?
— Não. Falei porque não lembrava de tê-lo visto antes. É bonito.
— Ah, pare de fazer média que não lhe cai bem.
— Como eu passo essas florzinhas bordadas?
— Pai, por que você está passando o vestido da mamãe?
— Porque ela pediu, minha filha.
— Não vá me passar as flores, pelo amor de Jesus Cristo! É para passar só o tecido. Ouviu?
— Ouvi.
— Pai, passar roupa não é coisa de mulher?
— Não necessariamente, minha filha.
— Então por que você nunca passou roupa antes?
— Porque não foi preciso, querida. Mas se a sua mãe me pede um favor, não há problema algum em que eu o faça.
— Favor? Quantas camisas suas eu não passei em todos esses anos? E os almoços? E os jantares?
— Mas você é a minha esposa! Se não passa as minhas camisas e não cozinha pra mim, quem há de fazer isso?
— A psicóloga, ora!
— Pelo amor de Deus, a menina está aqui...
— Que que é uma psicóloga, mãe?
— É uma mulher que recebe carinho, atenção e que não precisa nem fazer os serviços domésticos, minha filha.
— E por que você não foi ser psicóloga então, mãe?

– Porque eu tenho moral.
– O que que é moral?
– É uma coisa que o seu pai não tem.
– Aí já é demais. Não meta a menina nisso. Ela é só uma criança, nem tem capacidade para entender as coisas.
– Tenho sim. Lá na escola, a professora diz que eu aprendo muito rápido. E eu sei contar até trinta e escrever o meu nome. E eu sei o nome dos planetas e das estrelas e eu coloquei um feijão pra crescer dentro do pedaço de algodão e ele cresceu. O nome dele é João.
– É, minha filha? Que bom...
– Deixa eu olhar isso... Jesus, que trabalho porco! Não vê que a barra está toda amassada?
– Mas eu ainda nem terminei!
– Saia daqui! Senão você vai acabar me queimando o vestido. Pega o balde ali no canto, coloca o produto de limpeza dentro e passa um pano no chão. Quero ver o piso brilhando.
– Isso eu sei fazer. Limpo as vitrines da loja que é uma beleza. Elas ficam tinindo...
– Ah, é? Então, não. Mudei de ideia. Você vai limpar o banheiro.
– O banheiro? Ah, o banheiro não...
– Por que o banheiro não? Por acaso eu não limpo o banheiro a cada três dias? Por que eu posso e você não pode? As suas mãos são mais preciosas que as minhas?
– Ah! Mas o banheiro?
– É. O banheiro. Vai. Você tem quinze minutos antes de a comida ficar pronta. É bastante tempo para esfregar o vaso sanitário por fora e por dentro.
– O papai vai limpar o banheiro! O papai vai limpar o banheiro! O papai vai limpar o banheiro!

– É, minha filha. O seu pai vai limpar o banheiro. Não é ótimo?
– É nojento... Arghhhh...
– Até quando você vai me fazer ficar em casa? O movimento da loja estava bom ontem. Eu preciso voltar a trabalhar! E contratar outro funcionário, aliás. Como você espera que eu tenha dinheiro no fim do mês?
– Talvez você pudesse pedir de volta o dinheiro das consultas com a psicóloga...
– Psicóloga ganha dinheiro, mãe?
– Ganha, minha filha. E sem fazer serviços domésticos. Trabalho fácil...
– E por que você não foi ser psicóloga, mãe?
– Eu já lhe respondi, minha filha...
– Por que você não tem moral?
– É o contrário, minha filha. Eu não fui ser psicóloga porque eu *tenho* moral.
– Então se livra dela, mãe. Se você fosse psicóloga e tivesse dinheiro, a gente podia comprar um montão de bala e sorvete e chamar a Clara pra ir naquele parque novo que cobra a entrada. Não podia?
– Um dia você vai entender, minha filha. Moral é uma coisa preciosa. Tem a ver com comportamento bom. Por exemplo: Um homem casado não pode ficar sozinho num lugar com uma mulher que não seja a sua esposa. O seu pai fica sozinho com a psicóloga todas as terças, às onze e meia da manhã. Os dois, tanto ele quanto ela, não têm bom comportamento. Não têm moral. Entendeu?
– Ah, então você também pode ser psicóloga, mãe... Porque você também fica sozinha dentro do quarto com aquele homem feio que vem aqui toda semana...

Parte quatro

A tábua de passar roupa voou quatro metros e encontrou-se com a parede. A criança chorava, a Loira corria em círculos em volta do sofá e o Homem a perseguia. Era um homem feito só de músculos e de suor, de ardor e de humilhação. A força bruta cauterizara-lhe a racionalidade; na verdade, o pouco que restara dela servira apenas para que pegasse a filha no colo e a trancasse no quarto antes de voltar à perseguição.

    A Loira gritava. Falava que a menina não sabia o que dizia. Os vizinhos mandavam os dois calarem a boca; o do apartamento de cima até jogou um balde d'água em direção à varanda para que os ânimos se acalmassem. No entanto, não havia volta. O Homem contido, resignado e pacífico era letra-morta. A cada metro percorrido no encalço da Loira, ganhava espaço o ser revoltado que lhe vivia dentro – e que a ração da disciplina e do medo até então havia aprisionado.

    Correndo em torno do sofá, respirava como um touro a encarar o oponente. A Loira não era mais a Loira a seus olhos, senão a junção dela, da Morena e da mãe. Quanto mais ele a olhava correr desabaladamente, mais a raiva lhe crescia. Tudo o que ela falava era filtrado pelo som retorcido do ódio.

Então o pé direito dela, magro e delicado, fez um movimento em falso, ao que o corpo tombou no chão, estalando os nós do piso de madeira velha. Com ambas as mãos, ele a virou de frente e imobilizou-lhe os quadris, colocando-os entre as próprias pernas musculosas. Tinham os rostos virados um para o outro; olhares fixos cheios de incerteza.

Os calos das mãos dele percorreram a pele do rosto dela, detendo-se nas linhas finas de expressão e nos cantos da boca, arqueados para baixo. Passou a ponta dos dedos nas sobrancelhas e desceu para os cílios inferiores, limpando-lhe as lágrimas. E começou a apertar-lhe a garganta até ela parar de chorar.

A Mulher insistia para que a senhora falasse, mas ela abria a boca e não saía palavra. O rosto sulcado de rugas voltava-se para o céu e para baixo, ora direcionando o olhar para o apartamento da Morena, ora caçando um buraco no chão para esconder o que sabia e não contava.

Por mais paciência a psicanálise houvesse ensinado à Mulher, aquela espera ultrapassava-lhe. Depois de tocar dez vezes o interfone da amiga sem receber resposta, percebera a senhora no meio-fio, a dois metros de si. A desconhecida estava de pé em seus 70 anos. Enquanto os membros se aprumavam para mantê-la ereta, erodia dentro dela a capacidade de suster a própria alma.

"O que quer? Por que olha para cima? Conhece alguém do prédio?", perguntava a Mulher. E as íris vazias da velha só faziam chorar como se as palavras, se lhe saíssem, não pudessem significar. E se significassem, não pudessem ser compreendidas.

Barcelona esturricava o sol na cabeça das duas, apontando reflexos nos olhos de uma e de outra. A Mulher observava atentamente a senhora arquear os poucos fiapos de pelo que lhe restavam nas sobrancelhas, inspirando profundamente para então pôr novamente a chorar os olhos antigos da cor do carvalho.

Foi preciso a Mulher se dar o tempo de enxergar o caminho daquelas lágrimas. E vê-las percorrer a comissura neutra da boca e as linhas quadradas que desenhavam o maxilar da senhora. Esses traços agitavam, na Mulher, o espaço dedicado às lembranças, mas, assim que a memória principiava a definir os contornos do que poderia ser, as lágrimas da senhora lavavam a tentativa.

Entre uma lágrima e outra, entretanto, a senhora concedeu uma pausa suficiente para que a memória da Mulher pudesse trabalhar. Foi então que a boca, de comissura neutra, afrouxou-se, revelando lábios mais cheios que, até então, a tensão retesara. E a Mulher pôde ver que, se a senhora remoçasse, poderia estar não no meio-fio, mas no apartamento alto, onde não se atendia o interfone.

O reconhecimento fez com que a desconhecida voltasse a chorar. Por trás do silêncio, engolia o desespero junto com a saliva e jogava o corpo para frente e para trás, ninando-se. A Mulher já não podia desviar-se. Estancou as perguntas engatilhadas na garganta, posicionou-se rosto com rosto, dez centímetros de diferença apenas, a ponto de uma inspirar o que a outra expirava. Houve então uma conversa tão coerente entre as duas, que se aboliriam os dicionários para que não se interpretassem de outra forma.

A velha apontou para o apartamento da Morena. A Mulher apertou-lhe as mãos, como se a força pudesse traduzir um pedido de desculpas. A Morena havia morrido, agora ela sabia. Sentaram as duas no meio-fio, com as mãos entrelaçadas e as cabeças a apoiarem-se mutuamente.

A sua filha era minha amiga. Como ela morreu? A senhora abriu a boca e contou do suicídio no Castelo de Montjuïc: filha e neto irreconhecíveis no calçadão do porto. Não fosse a carteira de couro atrás do bolso da calça jeans, com a identidade, teria sido enterrada como indigente. Nem notícia havia saído porque não se espalha esse tipo de coisa, que é para não dar mal exemplo.

O marido – a moça conhecia o marido da minha filha? – certamente tinha culpa no cartório. Havia sumido do apartamento – nenhum vizinho o via fazia três dias, pelo menos – e a loja dele estivera fechada no mesmo período. E parecia um homem tão bom, tão trabalhador... Mas nem no enterro da esposa e do filho fora, e é nessas horas que se conhece o caráter de uma pessoa, não é? Mas por que a minha filha faria uma coisa dessas? Mas a polícia há de achá-lo e fazê-lo se explicar. Que ela jamais pularia como pulou se o marido não tivesse feito qualquer coisa imperdoável. Ela vivia para o marido e para o filho, você sabia?

Agarrada ao peito do pai, a menina recusava-se a deixá-lo ir embora. Tinha medo de que sumisse, assim como a mãe sumira depois daquela briga entre os dois. De vez em quando, erguia os olhos e repetia na vozinha esganiçada: "Cadê a mamãe?". O pai dizia que ela tinha ido resolver coisas de adultos, mas ela não podia ter ido, pensava a menina. Não, ela não podia ter ido.

Antes de sair do apartamento naquele dia, ainda nos braços dele, passara os olhos pela cozinha e vira a metade do pé da mãe atrás da bancada. Calçado no chinelo florido, que ela conhecia mais que bem por ter tomado muita chinelada. Com o esmalte vermelho que ela nunca podia usar sob o argumento de que ainda era criança. E quanto mais a mãe lhe negava, mais ela sentia atração por aquele vidrinho, pensando que o melhor aniversário do mundo seria quando ganhasse o seu e pudesse pintar as mãos e os pés e também os das bonecas.

Então fazia a mesma pergunta ao pai de novo, de novo e de novo. "Cadê a mamãe?" E a cada vez esperava ouvir uma resposta que reconciliasse o pai com a verdade. Ou, ao menos, uma explicação que não o atrelasse tão irrevogavelmente à mentira.

Nos seis anos que lhe cabiam de experiência, havia um homem grande e perfeito, que não podia falar mentira porque um pai não fala mentiras. Mas, ao mesmo tempo, não havia explicação para o pé da mãe. O pai que não mentia e o pé atrás da bancada tornaram-se irreconciliáveis. E ela, até então dona de perguntas astutas ante as quais o pai costumava rir, sentiu, pela primeira vez, que existem perguntas que dão muito, muito medo. Como a mamãe fugiu, se o pé dela estava atrás da bancada?

Quando o pai lhe respondeu, pela décima vez, que a mãe estava resolvendo coisas de adultos, resolveu, sem saber por quê, enterrar a dúvida e o pé dentro da memória. Muitos anos depois, ela se perguntaria se o chinelo florido e as unhas vermelhas seriam apenas a visão de um pesadelo, desses que qualquer criança pequena poderia invocar para explicar o sumiço repentino da mãe.

Morando com a avó materna em Madri, aos 18 anos de idade, não via o pai desde o tempo em que se passa esta narrativa. Tinha se transformado numa moça tímida, dessas que só falam o indispensável e, ainda assim, olhando para baixo. Possuía os cabelos loiros da mãe, mas pintava-os de castanho. Costumava piscar constantemente e fazia as dietas da lua, ainda que para ser magra precisasse engordar muito. E jamais, jamais pintava as unhas de vermelho.

Se alguém perguntasse ao Homem "Você assassinou a sua esposa?", naquele preciso instante em que ele tomava um café no La Flor del Camino, talvez, ao dar a resposta, nem mesmo lhe tremesse a xícara. Se o senso comum vê o nervosismo como a reação mais plausível de um homem normal que, sem ter feito antes qualquer coisa parecida, de repente mata a esposa, pode-se dizer, a favor do personagem, que nem ele supunha a calmaria que o invadiria após o ato.

Mário lhe trouxera umas torradas amanteigadas e pousara o mel logo ao lado, ao que o Homem agradeceu com um aceno discreto de cabeça. Eles se conheciam havia muitos anos, e não porque costumassem conversar quando ao Homem apetecia um bom almoço ou um bom café. Conheciam-se no interlúdio do pedido feito, o pedido trazido e a conta e, dentro daquele contexto, haviam criado regras de convivência em que a leitura do outro se dava por outros meandros.

Quando Mário estava chateado, suas mãos denotavam uma fina tremedeira e as olheiras acentuavam-se num roxo acinzentado que lhe apagava os olhos. Nesses dias, o Homem desviava o olhar, mirando-o apenas pelo tempo estritamente necessário. Ele jamais pensara nisso, mas o narrador, que sabe como e por que se fazem as coisas, pode dizer que essa era uma demonstração de respeito e decoro pelo estado de espírito do outro.

O Homem aprendera com a mãe que as pessoas gostam de mostrar apenas a parte melhor ou a mais aceitável de si. Vislumbrar o que ultrapassa isso não chega a ser um problema, desde que a pessoa tenha o bom senso de guardar o que viu. Na opinião de dona Alynka e, neste caso, também na do Homem, fazia parte da boa educação ignorar as zonas sombrias que às vezes fissuram as máscaras alheias.

Não faria sentido ele perguntar a Mário se estava tudo bem, nas ocasiões em que via as mãos trêmulas e o roxo pronunciado embaixo dos olhos do garçom. Se esses eram os sintomas, ele já sabia a resposta. De que adiantaria perguntar? Fosse Mário sincero e confessasse o mal que se passava, o Homem só poderia oferecer um *sinto muito* pobre e constrangedor. Em vez disso, preferia pular a pergunta que a maioria faz por cortesia. Deixava na mesa uma gorjeta mais gorda e ia para casa com a consciência remediada.

Mário, por sua vez, também sabia quando o Homem estava em seus piores dias. A toalha de mesa curta deixava à vista os pés do cliente que, irritado, movia-os freneticamente como se estivesse a pisar no pedal de um piano. Nessas ocasiões, passava-o à frente de todos os outros habitués da casa, anotava o pedido rapidamente e pedia ao pessoal da cozinha que caprichasse mais que o de costume na porção.

E eram essas atitudes comezinhas que teciam a rotina na qual os dois se organizavam. Apesar de terem uma pequena participação na vida um do outro, vendo-se apenas dois ou três dias na semana, faziam desse tempo uma instituição sólida e segura, na qual tinham papéis firmes, que lhes davam serenidade e até um justo contentamento.

Fora por isso que o Homem sentira-se impelido a ir ao La Flor del Camino para tomar café e comer torradas amanteigadas, um dia após assassinar a Loira. Depois de cometer um ato tão obtuso ao seu comportamento regrado, precisava urgentemente de uma dose de rotina e normalidade. Conteve-se a tempo, mas quase sorriu ao entrar no restaurante e divisar Mário saindo da cozinha. Queria comer, mas, sobretudo, entender, num lugar tranquilo e confiável, por que se sentia leve quando, supostamente, deveria se sentir pesado.

Apertar a garganta da Loira até extinguir-lhe a vida era um ato tenebroso, ele compreendia moralmente. Todavia, não se sentia nem tenebroso nem amoral. Era como se o homem correto que sempre fora, leitor espantado das notícias de assassinato passional, estivesse num compartimento vedado ao homem que havia assassinado a própria esposa. E que este último, por sua vez, só tivesse existido durante o ato de matar para depois sumir, carregando consigo qualquer vestígio de remorso e culpa.

Nos momentos precedentes à morte, em que correra atrás da Loira – e mesmo quando a tinha imobilizada embaixo de si –, não lhe passara pela cabeça, sequer por um segundo, a ideia de matá-la. Perseguira-a impelido pela raiva, sim, pois ela, que tanto o humilhara durante três longos dias – fazendo-o passar, cozinhar e coser –, não passava de uma biscate que o traía com o funcionário. Como a mãe já o havia alertado, quem cobra demais é porque muito pode estar a dever.

Mas isso não vem ao caso porque reduzir a motivação do crime à raiva que ele sentira ao descobrir-se corno seria simplificar a história. Basta lembrar que, ao ficar face a face com a Loira, antes de matá-la, ele havia acariciado o rosto dela. O que só vem a provar que certo está quem vê amor e raiva como variações sutis do mesmo fado. Ainda assim, amor ou raiva, ou os dois juntos, que seja, não foram os únicos coautores do crime, esse é o ponto da questão a ser elucidado.

O que teve papel decisivo no assassinato – que a quaisquer olhos, aliás, ganharia caráter de passionalidade – é aquilo que raramente consta nos autos de processos semelhantes: o poder que a violência tem de alimentar-se e ganhar independência da mão que a brande. Se parece um argumento à guisa de eximir o Homem da responsabilidade de ter matado, que o leitor dê uma chance porque essa não é a intenção nem o caso.

Imaginemos uma bola a percorrer uma superfície lisa, sem nenhum obstáculo que possa alterar sua rota. Diz a Primeira Lei de Newton, conhecida também como Princípio da Inércia, que essa bola tende a manter velocidade constante. Todo corpo continua no estado em que já está, seja de repouso ou movimento, a menos que seja obrigado a mudá-lo por forças a ele aplicadas, eis o resumo do conceito.

Aplicando-o ao caso em questão, temos o Homem a apertar a garganta da Loira, um ato iniciado por raiva, por amor e por uma infinidade de variáveis que agora não vem a calhar o desenvolvimento. Uma vez que começou a apertar a garganta dela, continuou a apertar, a apertar e a apertar. Aqui, no entanto, não falaremos propriamente de física, e sim do paralelo dessa ciência com a conduta do Homem. Pois, para que o movimento de apertar cessasse, seria preciso que ele decidisse pará-lo, que estancasse conscientemente o próprio ato.

Falamos, porém, do Homem. Aquele que sempre deixou o que quer que fosse continuar, os processos se estenderem, como se corresse com a vida para que ela não o pudesse alcançar. Ao que ele apertou a garganta da Loira, não pôde mais pensar, não conseguiu mais sentir, eximiu-se de refletir; quis apenas continuar.

Não era mais a sua mão a força motriz daquela morte, mas, sobretudo, o padrão a que se atinha, em constante movimento, como uma máquina de linha de montagem recolhia o que viesse, sem nunca parar, sem dar espaço a qualquer tipo de atrito. A passionalidade era, pois, culpada apenas pelo início da violência praticada contra a Loira, a força inicial para que o Homem tivesse lhe apertado a garganta.

Ele, afeito à dramaticidade, ainda mais nas questões concernentes ao coração, não poderia ter continuado o ato de sufocar movido apenas pela passionalidade. O que o incitara a continuar o movimento que provocara a morte da Loira fora preponderantemente a inércia. Era ela que lhe balizava a vida desde sempre. Um cavalo solto que o guiava quando ele acreditava cavalgar.

Quando pediu a conta, o Homem não havia, entretanto, sentido qualquer cheiro da conclusão do narrador. Ao ver Mário andar por entre as mesas, trazendo na mão direita o pires com a nota, suspirou de alívio e alegria ante a cena familiar. Estendeu os dedos para o papel, já calculando a gorjeta que haveria de dar, ainda que o garçom não lhe parecesse triste ou cansado. Nesse momento, viu, no pratinho, um punhado de balas. Que nunca, em todos aqueles anos, haviam acompanhado a conta. Subiu então os olhos para Mário. O garçom, entretanto, evitou olhá-lo.

Eram tantas as peças de roupa jogadas no chão do quarto que quem ali entrasse não encontraria lugar para dar sequer o primeiro passo. Vestidos, calças, blusas e roupas íntimas misturavam-se sem pudor, entre lavadas e sujas, sóbrias e alegres, compradas neste e noutros tempos. No corredor, a maçaneta do aposento ostentava, fazia três dias, um sinal de não perturbe, aliviando as arrumadeiras do hotel, que já tinham trabalho suficiente com que se ocupar.

Não se ouvia barulho do lado de fora. Se algum curioso encostasse o ouvido à porta, a investigar o que se passava dentro, haveria de dizer que o quarto estava desocupado e que algum funcionário se esquecera de tirar o aviso à porta. Isso, entretanto, eram somente aparências. No meio das roupas, deitada no chão, com a cabeça encostada no carpete envelhecido, estava a Mulher, com os olhos semiabertos.

Não comia há dois dias, pois nada lhe parava no estômago. Bebera toda a água do frigobar, recorrendo então à torneira do banheiro e, ainda assim, só quando sentia a desidratação a diminuir-lhe o volume das lágrimas. Nesses momentos, levantava-se, pegava o copo, tropeçava diante da pia e fixava os olhos nos misturadores, evitando o espelho que estava logo acima.

Então voltava para o carpete esverdeado, cheirando a tabaco, como se ele fosse um colo de mãe, pronto para ouvir confissões e perdoá-las. Começava por relembrar o dia em que conhecera a Morena, na feira, escolhendo as frutas; a sacola espatifada e a primeira conversa. Da curiosidade de segui-la, a oportunidade de conhecê-la. De conhecê-la, a simpatia. Da simpatia, a amizade. Da amizade, a preocupação. Da preocupação, a carta. E desta, a morte.

Se tivesse dado mais ouvido à própria experiência profissional, não teria escrito a carta, pois sabia que nem toda coluna aguenta o peso de certas verdades. Essa conclusão, porém, perdeu-se no que de mais prosaico costuma perder-se o ser humano: na vontade irresistível de se meter na vida dos outros.

Acontece que a Mulher já havia chegado ao fundo do poço. E quem lá esteve algumas vezes adquire uma autoconsciência que cedo ou tarde dá as caras. O primeiro dia em que ficou estendida no chão do quarto serviu para que se fizesse de vítima, afirmando a si que escrevera a carta para que a amiga não continuasse a ser enganada. E que, se tudo dera errado, se a outra não havia seguido seus conselhos (preferindo se matar), não era culpa dela, afinal, só queria ajudar.

No final do primeiro dia, porém, a primeira parte da verdade veio à tona. O ato de escrever a missiva, sob uma análise menos generosa de si mesma, revelava também a vontade de ser reconhecida pela Morena como a heroína que a salvara de levar uma vida cheia de mentiras e traições. Nem Dolly Maleigh, personagem do livro de cabeceira da amiga morta, faria melhor.

Ela escrevera por preocupação e lealdade, sim, mas essas motivações escondiam a dose gigantesca de vaidade por trás do ato. Ser considerada uma amiga boa e leal, ao preço módico de um pedaço de papel, caneta e algumas frases de efeito fora tentador demais. E ela não tinha previsto – ou se esforçado suficientemente para prever – quanto o seu ato heroico poderia custar à outra. Quanto ele custaria a quem, de fato, tinha muito a perder com a revelação.

Apesar de se entupir de tranquilizantes no segundo dia, a Mulher sentia-se alerta, presente. Sua mente fazia questão de rodar como se tivesse um litro de café como combustível, desprezando os efeitos de todas as focinheiras químicas que ela engolira para tentar esquecer. Para tentar embotar a segunda parte da verdade.

Além da vaidade, havia a arrogância. Pois a arrogância sustentara a crença de saber o que era melhor para a Morena. E como um juiz do século XIV, a Mulher condenara a amiga à vergonha. E o Homem a um julgamento em preto e branco. Como se a traição fosse a carteirinha dele no clube da escória da humanidade.

Mas quem era a Mulher para julgá-lo? Ela também tinha podres. Segredos como alguns abortos perfeitamente evitáveis, repetidos demais para serem meros descuidos. Ou mancadas com gente que só queria o seu bem e em quem ela só enxergava os piores defeitos. A perspectiva sobre os fatos sobrepõe-se facilmente aos fatos em si. Dolorosamente, no chão de carpete, ela chegava à conclusão de que julgar era uma forma de montar na própria cabeça o pior cenário. E acreditar nele até o fim.

Antes as conclusões da Mulher fossem fruto da negatividade. Não eram. Ou da autodefesa. Também não eram. Há gente que, para sentir-se viva, precisa se ferir. E a razão para isso não pode ser creditada a traumas da infância ou a surras da vida. Vai além de Freud. Tem mais a ver com a verdade de que algumas pessoas optam pela autodestruição por não saberem lidar com o fato de que, no fim, todo mundo é muito mais sozinho do que gostaria de admitir.

A defesa para essa sensação de isolamento era julgar. O mais doloroso era que, sendo uma boa psicanalista, ela, até então, conseguira proteger os pacientes das consequências daninhas do seu vício pessoal. E, apesar de a experiência profissional ter lhe prevenido de que era melhor não escrever a carta, que não era seu papel julgar e condenar seu próprio paciente, alterando a vida de duas famílias envolvidas na história, a lógica saiu perdendo feio no embate.

Alguns anos antes, a ética profissional teria funcionado como um superego. Teria força suficiente para brecar seu comportamento invasivo. Ela haveria, inclusive, estabelecido limites nítidos entre a vida pessoal e a profissional, pois sabia que um psicanalista sério jamais poderia atender o marido de uma conhecida. Ou esconder o fato de que sabia segredos dele. Ou mesmo atender alguém que houvesse seguido.

O fato de tudo ter virado uma bagunça absoluta não poderia ser justificado pelo fato de ela estar psicologicamente abalada com a proximidade da própria morte. Seria compreensível, mas o narrador não pretende proteger a personagem.

No terceiro dia, cabeça apoiada na lateral da mesinha de cabeceira, ela teve contato com a última parte de si que gostaria de encontrar. Primeiro, teve de reconciliar-se com a ideia de que gostava da Morena e que esse sentimento convivera perfeitamente tanto com a vaidade de querer ser uma heroína, quanto com a arrogância por ter achado melhor que a amiga soubesse da traição do marido.

No entanto, a substância mais funda, aquilo que a fizera de fato escrever a carta, era a inveja. A inveja nocauteara a racionalidade, os anos de experiência profissional e o bom senso de não jogar pedra nos outros, tendo um telhado de vidro. A Morena possuía aquele dom insuportável de ver sempre o melhor da vida. E, por mais infeliz que estivesse, qualquer centelha de esperança era capaz de animá-la a viver outras cem mil vidas. Insuportável.

Quando a Mulher percebeu, na última sessão de terapia do Homem, que ele estava inclinado a ficar apenas com a Morena e a se separar da Loira, não pôde deixar que a vida da amiga desse tão certo. Afinal, ela já tinha um filho e a ignorância, as duas maiores bênçãos que um ser humano pode ter para se esconder eternamente de si. Não podendo fazer nada com o menino, só lhe sobrava destruir a ignorância.

Estaria caminhando tudo dentro dos conformes, tivesse a Morena uma relação mais equilibrada com as vicissitudes da vida. Pois justiça seja feita à Mulher – ela não queria que a amiga morresse, apenas que fosse infeliz. E muito menos que levasse consigo o menino de bochechas coradas de quem aprendera a gostar. Deitada de bruços no carpete, com o ouvido esquerdo a roçar o chão, deixou a campainha tocar cinco vezes antes de tomar coragem para se levantar e abrir a porta.

Uma hora antes de tocar a campainha da Mulher, Soares olhava para o espelho do banheiro do apartamento, ensaiando o gesto que fazia ao matar pessoas nos últimos vinte anos. Era a primeira vez que ele se via daquela forma, com a mão esquerda esticada, a empunhar a pistola, e a direita semiflexionada, apoiada na coronha.

    Encarava os próprios olhos, buscando desvendar-se por trás do ato. Essa era a última visão que uma vítima acuada pela frente costumava ter dele – a visão do algoz. Porém, por mais que olhasse, na tentativa de apreender o significado de um disparo, mais longe dele ficava. Nenhum ato pode ser captado por antecipação.

No mesmo momento, o Homem voltava de Badalona. Lembrava-se dos tempos calmos, de como era bom passar lá uma vez por mês, para comprar matéria-prima roubada do primo. Desta vez, no entanto, o caráter da visita assumira um clima de despedida. A brisa do mar que invadia o carro e que costumava pintar-lhe o rosto de sal e alegria parecia castigá-lo.

E não era por ter acabado de entregar o corpo da Loira a um amigo do primo e pagado para se livrar da evidência. Ele não se sentia culpado. Sentia-se tomado. Como se o homem de dentro – aquele que havia apertado a garganta dela quatro dias antes, até matá-la – fosse agora o inquilino permanente de todos os desvios, de todas as vontades. E se antes ele não podia habitar os próprios desvios e as próprias vontades justamente por não saber bem o caminho até elas, havia descoberto que a inércia – quando levada além dos limites – revela escolhas. A inércia desencavara, e para sempre, um homem até então sepultado.

Agora ele era um assassino. E a Loira, parte de uma história distante, como se tivesse sido esposa de outro. O único elo que persistia em ligá-los – a despeito do corte emocional que a morte havia selado – era a filha. Ele não fazia ideia de como criá-la e de como explicar para ela o sumiço definitivo da mãe. Seria preciso elaborar também uma versão para os parentes da falecida. Esses, ainda bem, fazia tempo que não se comunicavam com ela.

Mas, se as circunstâncias lhe davam tempo para ajeitar as coisas com a família dela, era necessário pensar no falatório que já deveria ter se espalhado pelo prédio. Havia deixado a filha com uma vizinha, fato estranho por si só. Além disso, houvera a discussão ruidosa anterior ao assassinato, somada ao desaparecimento posterior da Loira. Tudo isso certamente levantaria suspeitas. Era questão de tempo os aposentados se ocuparem em tecer teorias para o novo escândalo no condomínio.

E, em meio aos pensamentos sobre qual plano deveria colocar em prática, surgiu a saudade da Morena. O sentimento veio sem convocação, suspenso subliminarmente no plano de uma nova vida. Sim, ele teria de elaborar uma história que o inocentasse do sumiço da Loira. Mas, fosse qual fosse o plano e a nova vida, não eram para ser vividos sozinho.

Talvez a mãe aprovasse, pensou. Não que ela fosse a favor de um assassinato, Deus o livre de pensar isso de uma mulher santa. Mas o fato é que, enfim, ele deixara de ser bígamo. Enfim seria homem de uma família apenas, como a mãe tanto lhe pedira. E, se houvesse uma forma de o narrador descrever agora o espanto do Homem, além de falar dos dedos do personagem que enrijeceram ao redor do volante, saberíamos com mais competência de que forma uma intenção inconsciente reivindica seu lugar na consciência.

A mensagem que a mãe quisera passar com todos aqueles pesadelos – de que era importante escolher uma das esposas – e reiterada pela psicanalista havia sido levada a sério e a cabo. E se o narrador disse antes que o Homem matara a Loira por causa, sobretudo, da força da inércia, tolo por achar que o personagem não chegaria a uma conclusão menos abstrata: O que o fizera matá-la fora o desejo – agora consciente – de se reconciliar com dona Alynka.

Talvez por isso a atrocidade de cometer um assassinato não lhe pesasse como devia. Mal ou bem, ele atendera ao pedido da progenitora, ainda que por vias tortas. Tinha curvado-se ao peso do sangue e da sentença materna. Dona Alynka vencera, estivesse onde estivesse. Não há batalha que um filho possa ganhar de uma mãe.

E, não porque procurasse redenção, decidiu que só existia uma forma de as coisas darem certo a partir dali: contaria a verdade à Morena. Falaria da traição, da filha fora do casamento, do assassinato, e tinha fé de que ela o perdoaria, desde que ele se mostrasse empenhado em construir uma história diferente com ela. Invocaria as lembranças do início do relacionamento, aquela felicidade mútua, incontida nas quatro paredes do quarto.

Teve vontade de parar o carro no acostamento e ligar para ela. Dar ao menos uma satisfação sobre aqueles quatro dias de sumiço. Tudo acontecera tão depressa – o confinamento na casa da Loira, a briga, o assassinato, o livrar-se do corpo – que ele relegara a Morena a segundo plano. Não, era melhor não ligar. Aquela conversa precisava acontecer pessoalmente.

A vida é mesmo uma merda, pensou a Mulher ao abrir a porta do quarto e encarar Soares na soleira.
— Quer dizer que, depois de tudo, ele ainda não desistiu do relicário?
— Posso entrar?
— Desculpe. Pode. Não repare na bagunça, por favor... Como você conseguiu subir? Não ligaram da recepção...
— O telefone estava ocupado...
— É verdade. Está fora do gancho...
— A senhora não queria ser perturbada?
— Não. Preciso de privacidade.
— Desculpe.
— Tudo bem... Como vai o seu patrão?
— Ele vai bem. E a senhora?
— Pode me chamar de você.
— Como vai você?
— Desculpe, mas por que o interesse?
— É que... Posso lhe fazer uma pergunta estranha?
— Depende.
— O que você viu nele?
— Em quem?
— No meu patrão.

– Complexo de Édipo mal resolvido, eu diria. Por que a pergunta?
– Eu me apaixonei pela esposa dele.
– Ãh?
– Eu me apaixonei pela esposa dele.
– Qual delas?
– A loira.
– Então você sabe das duas esposas?
– Sim.
– E por que está me contando isso?
– Eu queria que ela ficasse comigo. Disse que moraríamos onde ela quisesse. Eu criaria a filha dela, seríamos felizes.
– Olha, não é por mal, mas o que eu tenho a ver com isso?
– Ela negou. Prefere ficar com ele. Entende?
– Sinto muito, estou ocupada. Se você puder ir direto ao assunto que o trouxe...
– Ocupada com o quê? Com o sofrimento?
– O quê?
– Acha que não dá para perceber? A sua cara entrega. Esta zona entrega. E não me olhe assim... As coisas não têm dado certo pra mim também...
– Calma, não precisa chorar. Sente-se ali na cadeira. Vamos conversar um pouco.
– Qual é o problema com vocês? Não veem que ele é um merda? O pau dele é gigante, por acaso?
– Fale baixo, por favor. Minha cabeça dói.
– Eu amo aquela mulher.
– Você andou bebendo?
– Eu faria tudo por aquela mulher.
– E ela não o quer, é esse o drama?

– Eu não sei viver sem ela.
– Sabe sim. Ninguém nasce amarrado a ninguém.
– Eu *não quero* viver sem ela.
– Aí é outra história. Mas, sinceramente? Saber perder faz parte. Olha, vá para casa, é melhor. A última pessoa que eu tentei ajudar morreu.
– Sério? Quem?
– A outra esposa do seu patrão.
– A morena?
– É.
– Mas por que *você* tentaria ajudá-la?
– Eis a questão... Eu não queria ajudá-la. Eu queria *me* ajudar. Eu estava a fim de colocar um ponto final numa história que, se eu lhe contasse, a gente ficaria uma semana inteira aqui dentro. A vida é uma merda. Eu sou uma merda.
– Mas como ela morreu?
– Matou-se. Jogou-se do alto do Castelo de Montjuïc junto com o filho.
– Meu Deus... Com a criança?
– É. Com o menino. A vida é uma merda.
– Essa é a sua tentativa de me ajudar?
– Pode acreditar que é.
– Eu não posso deixar a mulher que eu amo ficar com ele.
– O que você não pode é obrigá-la a escolher você. Acredite no que eu lhe digo. Ninguém obriga ninguém a nada. Eu tentei induzir o seu patrão a escolher, e adiantou? Não. Não a tempo, pelo menos. Apelei até para a mãe dele. Agora é tarde.
– Sinto muito.
– Não sinta. A vida é assim. Bola pra frente.

– Bola pra frente?
– É.
– Como assim bola pra frente?
– Bola pra frente, ora. Nunca ouviu a expressão? A vida segue.
– Sei...
– Como eu lhe disse, a vida é uma merda.
– Mas a gente tem de continuar, entendi...
– Olha, escreva uma carta pra ela.
– Uma carta?
– É. Você chegou a pedir que ela ficasse com você?
– Pedi, não. Implorei.
– E não adiantou, certo? Mude a tática. Escreva uma carta. Ela vai ter seu endereço guardado, vai saber tudo o que você pensa, e aí é com ela. Essa me parece a única saída. Eu não acredito em Deus, mas é algo como deixar nas mãos de Deus. Entendeu?
– Entendi.
– Escuta, não quero ser indelicada, mas eu realmente tenho muita coisa pra pensar. Faz uns três dias que não saio daqui.
– Me perdoe a indiscrição, mas por quê?
– Escrevi algo que não deveria ter escrito. Enfim, longa história...
– Entendo. Bem, muito obrigado pela conversa.
– E diga ao seu patrão pra ele desistir. Eu não vou entregar o relicário.
– Pode deixar.

No elevador, Soares sorria com os lábios, com os olhos, com a alma. Que bom, ela não quer mais morrer. Antes de voltar para o jardim japonês, no entanto, havia mais uma coisa a fazer: ele precisava escrever uma carta.

"Meu amor, sei que já disse tudo o que há para dizer, mas coloco as palavras no papel para que você possa relê-las e refletir quando eu estiver longe. Eu quis muito visitá-la de novo e fazer a mesma proposta que tenho feito nos últimos meses: a de que você more comigo e me deixe amá-la como merece.

Eu faria tudo por você. Criaria a menina como se fosse minha. Viveríamos bem, numa casa confortável, e que você poderia remobiliar como quisesse.

Não acho, sinceramente, que você possa ser feliz ao lado do seu marido. Mesmo agora, sem entraves entre vocês dois. A minha cliente seguiu com a vida, olha que ironia. Mas devo dizer que você teve ainda outra rival de peso – uma morena com quem ele se relacionou por sete anos e com quem teve um filho. Mas não se preocupe. Ela está morta.

Agora você pode ficar com ele só para você. E, mesmo podendo, eu me fio na crença de que você vai perceber que eu, sim, sou o seu grande amor. Tudo o que fiz e tudo o que tenho feito foi por você. Não me julgue mal. Um amor como o meu não conhece limites.

Anexada a esta carta, você tem uma passagem aérea. No envelope, o meu endereço e uma fotografia para se tiver saudades. O dinheiro é para qualquer despesa quando chegar à minha (ou melhor, à nossa) cidade. Espero-lhe pelo tempo que for necessário. Te amo."

Ao ver a carta na soleira da porta, o Homem quase a deixou para lá, não fosse um fato: não se recebia correspondência naquela casa. Dobrou os joelhos, girou a missiva nas mãos e, ao ver o nome da finada esposa como destinatária, escrito na letra do funcionário, resolveu que era melhor tirá-la da vista de alguma vizinha curiosa.

Que Soares tivesse a audácia de enviar uma carta para o endereço do casal, pouco lhe importava. Imprescindível, porém, era se livrar da evidência de que aqueles dois haviam tido um caso. Se aquela carta caísse nas mãos da polícia, assim que a vizinhança desse conta do sumiço da Loira, certamente ele viraria o principal suspeito. O corno vingador do bairro gótico.

Então ele apoiou a carta na velha mesa de jantar. Pegou a filha na vizinha, deixou-a brincando com as bonecas no tapete puído da sala e foi lavar o dia no chuveiro quente. Refrescado do banho, encaminhou-se ao fogão e preparou uma omelete de atum para ele e a menina. Sentaram-se em silêncio. Ele comia vorazmente enquanto ela encarava o envelope rosa, próximo à mão direita do pai.

– Pai, eu vi o nome da mamãe neste envelope. A professora já me ensinou a ler, você sabia? Eu sei escrever o meu nome, o nome da mamãe e o seu nome.

– É, minha filha? Que bom.

– Quem escreveu pra mamãe? Deixa eu ler?

– Um amigo dela, minha filha.

– E o que ele fala?

– Eu não sei. Papai não abriu. É feio abrir a correspondência dos outros.

– Mas a mamãe não está aqui.

– Justamente por isso que eu não vou abrir.

— Onde a mamãe está?

— Ela foi passear e já volta.

— Se tivesse ido passear, ela me levava.

— Ela foi fazer um passeio de adulto. Agora come, que a sua comida está esfriando.

— Lê a carta pra mim, pai. De repente, o amigo dela conta pra gente onde ela está.

— Eu já lhe disse onde ela está.

— De repente, ele fala pra gente que ela não machucou nada, que foi no hospital e depois foi comprar uns brinquedos pra trazer pra casa.

— De onde você tirou que ela está machucada, minha filha? Seu pai jamais machucaria a mamãe. A gente só teve uma discussão...

— Então lê a carta pra mim.

— Tá bom. Mas depois você vai comer sem dar um pio, combinado?

— Combinado.

E o Homem abriu o envelope, sabendo que jamais poderia ler para a menina o que de fato estivesse escrito ali. Passou os olhos pela letra caprichosa de Soares e se pôs a inventar frases, conforme as palavras caíam-lhe diante dos olhos.

— Aqui diz que a mamãe está bem e que manda muitos beijos para você.

— E mais o quê?

— Que, se você se comportar direitinho, ela traz uma boneca nova.

— E o que mais?

— Que a morena... morreu.

— Quem?

— Minha filha, vá pro seu quarto.

— Mas eu nem acabei de comer...

— Vá pro seu quarto! Agora.

Quatro meses. O tempo de gestação de um suíno. De uma hiena. De uma cabra e uma ovelha prematuras. O tempo que Soares tinha para matar a Mulher, não fosse a interpretação dos fatos o guia falho da humanidade. Pois não ouvimos o que o outro diz, mas o que queremos. O que sabemos do outro é apenas a interseção do que compreendemos em nós mesmos.

Absorvemos as reticências não com o sentido que elas têm, um recurso a favor de uma frase ainda por terminar, de um pensamento inacabado, omitido por quem fala. Fazemos das reticências o convite para completarmos as sentenças dos outros. Ainda que os outros jamais tenham dito ou escrito o que a gente tanto precisava ler ou escutar.

Imersa na banheira do quarto do hotel, a Mulher olhava os filetes de água morna escorrer cerâmica abaixo. Seu corpo era tomado aos poucos, cada poro e cavidade pela maleabilidade precisa do líquido. Quatro meses. O prazo esgotara. Onde estaria Soares? Teria, ao menos, se dado o trabalho de vir a Barcelona? Se sim, por que não a matara? Disseram que ele era confiável. Mas em quem se pode confiar hoje em dia?

No banco de trás de um táxi, separado de casa por muitos e muitos quilômetros de oceano, o Homem chorava. Nunca havia pensado em deixar Barcelona para sempre, mas a escolha era sensata. Longe de tudo, as chances de ser acusado da morte da Loira diminuíam sensivelmente. Não veria mais a filha, isso doía. E como estaria o filho, depois da morte da mãe? Certamente com a avó, era uma senhora muito dedicada...

O Homem saíra fugido da Espanha. Só com a roupa do corpo, uma valise com dinheiro e a carta de Soares. O amigo do primo – o mesmo que se livrara do corpo da Loira – lhe conseguira um passaporte e documentos falsos. Agora, era vida nova. Num país tropical. Recomeço. Essa perspectiva, no entanto, era uma miragem distante enquanto ele lia e relia a carta.

"Mas não se preocupe. Ela está morta. Agora você pode ficar com ele só para você. E, mesmo podendo, eu me fio na crença de que você vai perceber que eu, sim, sou o seu grande amor. Tudo o que fiz e tudo o que tenho feito foi por você. Não me julgue mal. Um amor como o meu não conhece limites."

A água morna emoldurava a cintura, tapando o umbigo que um dia fora o condutor da vida daquela mulher. Por ali, ela havia se alimentado. Recebido os nutrientes da mãe. Reivindicado o direito à existência. E, ainda que a consciência se manifestasse de forma muito primitiva no cérebro em formação, já existia a exigência pelo espaço. O tempo passa, o ser humano envelhece. Mas a urgência pelo útero, essa nunca há de passar.

"Mas não se preocupe. Ela está morta. Tudo o que fiz e tudo o que tenho feito foi por você." O Homem lia e relia, enquanto o taxista seguia para o endereço de Soares. O Homem lia e relia como se a explicação de uma morte pudesse ser traduzida por uma mensagem cifrada, contida naquelas palavras. Lia. Relia. E, a cada vez, a frase *ela está morta* se desintegrava, aproximando-o de qualquer lugar, menos do vazio onde uma ausência mora.

A água batia nos seios. E, com a cabeça apoiada na louça da banheira, a Mulher pensava que a vida de fato era uma merda, mas não tanto pelas tragédias. Ou pela aparente falta de sentido. Ou pelas falsas pílulas de felicidade, distribuídas a quem possa comprar. A vida era/é uma merda porque ela não admite dublê. Rede de proteção. E porque causa dor, sim. Uma dor aguda. Como se a gilete que tinha entre as mãos cortasse-lhe todo o corpo simultaneamente.

"Mas não se preocupe. Ela está morta. Não me julgue mal. Tudo o que fiz foi por você. Um amor como o meu não conhece limites." Das leituras do Homem, essa foi a única versão que ele pôde entender. A única que ele pôde aceitar. A que ele filtrou no coração em escombros. A vida seria muito dura se não houvesse culpados.

Soares abriu a porta da casa. Podia ouvir, ao fundo, o barulho sereno da fonte no jardim japonês. Então, era essa a visão do algoz que buscara apreender alguns dias antes no espelho do banheiro, em Barcelona? Era assim que uma vítima se sentia? O Homem apontou-lhe um velho 38. Os olhares dos dois se cruzaram. Bum. De fato. É na iminência da morte que o ser humano, enfim, fica nu.

Do outro lado do oceano, a Mulher entendia, finalmente, porque precisara sair de casa, de si, do próprio país quatro meses antes. Porque é preciso expatriar-se.

A água corria cálida, lavando os pelos das pernas, raspados pela gilete. Era hora de sair daquele quarto. De expirar o sol queimado nas esquinas e aproveitar as sombras dos pontos de ônibus. Precisava escrever a Soares dizendo que não queria mais a morte. Haveria de bancar o preço cobrado pela vida. Barcelona merecia uma última chance.

Este livro foi composto com tipografia Electra LT Std e impresso
em papel Pólen Bold 70 g/m² na Gráfica EGB.